追い出された万能職に新しい人生が始まりました vol.9

AUTHOR:

東堂大稀

ILLUSTRATION らむ屋

Oidasareta
Banno-shoku ni Atarashii Jinsei
ga Hajimarimashita

グリおじさん&
魔狼の双子
戦闘や採取で活躍する
ロアの従魔たち。
赤い魔狼《ルー》
青い魔狼《フィー》
ロア
探究心豊かで気弱な少年。
世界にただ一人の正式な
『万能職』で、自覚はないが
天才錬金術師でもある。
Main Characters
主な登場人物

カラカラ
ロアを誘拐した妖精王。
アダド地下大迷宮《グレートダンジョン》の支配者。
イヴ
ヴィルドシュヴァイン
侯爵領の騎士。
ロアたちと縁がある。
ダース
アダド帝国の第三皇子。
放浪の末に侯爵領へ
流れ着く。
★★★望郷★★★
ロアと親しくしている、
ネレウス王国出身の冒険者パーティー。
クリストフ
苦労人の斥候・剣士。
外見は軽薄だが真面目。
ディートリヒ
仲間思いのリーダー。
実はネレウスの王子。
ベルンハルト
無口な魔術師。
魔法の研究に熱心。
コルネリア
盾役を務める、
元気のいいツッコミ係。

★★★ ロアを取り巻く人々 ★★★

スカーレット

ネレウス王国の女王。
グリおじさんと旧知の、
長命な魔術師。

ゲルト

戦闘狂の剣聖。
ディートリヒに剣を
教えた。

サバス

海賊船の船長。アダドとの
海戦で活躍した。

エミーリア

コルネリアの姉で、
近衛騎士団副長。

カールハインツ

ネレウスの王子の一人。
女王の密偵でもある。

コラルド

ロアの雇い主でも
ある大商会の長。

ブルーノ

ギルドに属さない
変わり者の鍛冶屋。

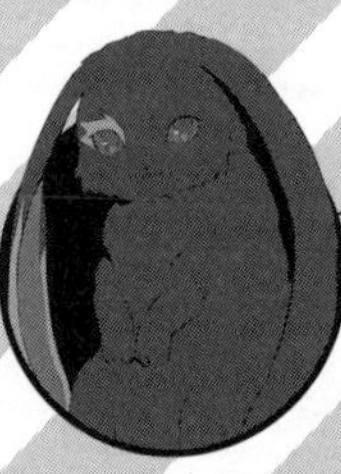

ピョンちゃん

ロアの従魔。
『賢者の薬草園』を
守る翼兎《ウイングラビット》。

北方連合国
城塞迷宮《シタデルダンジョン》
ペルデュ王国
アマダン伯領
ヴィルドシュヴァイン侯爵領
王都
王城
帝都
アダド帝国
ネレウス王国

世界地図

第三十七話　続く非日常

東の地平線が白《しら》みを帯び始めている。夜の闇《やみ》は紺色《こんいろ》へと変わり、雲一つない光り輝く青空を予感させる。

夜明けが近い。

また、新しい一日が始まる。

光の気配に海鳥たちが目を覚ましたのだろう。短くひと鳴きすると羽音を響《ひび》かせ始めた。

その音に、ロアはランプの灯《あか》りを頼りに読んでいた本から視線を上げた。

ロアが視線を向けた先にあるのは、大きく開かれた窓。夏の熱気がなくなり、過ごしやすい風が流れ込んでいる。

秋の始まりの空気だ。

いつもなら刈《か》り取られて干された作物や、枯葉《かれは》の乾いた香りが混じっている頃だが、この場所でそれらは感じられない。

潮《しお》の香り。この国は、どこに行っても海の匂《にお》いに満ちている。

ロアは海辺《うみべ》の国であるネレウス王国にいた。

ロアと従魔《じゅうま》たち、そして冒険者パーティー『望郷《ぼうきょう》』。彼らがこの国を訪れて、すでに一か月が過ぎようとしている。最初の滞在予定は二、三週間だったはずだ。

それなのに、気付けばそれだけの時間が経過していた。

この国にロアたちを護衛《ごえい》として伴《ともな》って来た、商人のコラルドの滞在が延びたからだ。

いや、正しく言うなら、根本的な原因はロアにある。ロアのやらかしが発端《ほったん》となって、コラルドとロアたちは足止めを食らっているのだ。

一か月ほど前……。

ロアはとある事件に巻き込まれた。

その事件には、ネレウス王国の隣国《りんごく》であるアダド帝国が関係していた。

アダドの艦隊《かんたい》がネレウス王都近海に押し寄せ、そのどさくさに紛《まぎ》れてアダドの別働隊がロアを誘拐《ゆうかい》した。

さらに複雑怪奇《ふくざつかいき》な成り行きによって、ネレウス近海の海底火山が噴火《ふんか》した。

何がどうなれば艦隊襲来と誘拐で海底火山が噴火するのかと思うかもしれないが、当事者たちすら上手く説明ができない。偶然が重なったとしか言いようがない。

とにかく、ネレウス王国で海底火山が噴火し、国を揺るがす騒《さわ》ぎとなった。

だが、ネレウス王国では今も以前と変わりのない日常が続いている。何事もなかったかのように、全ては終息《しゅうそく》していた。

その立役者が、ロアと従魔たちだ。

ロアと従魔たちが海底火山の噴火を抑え、全てを正常に戻したことで、コラルドが褒賞《ほうしょう》を受け取ることになったのだ。

なぜコラルドが？　……と思うかもしれないが、前述の通りに、ロアがコラルドに雇われている護衛だったからだ。雇われた者の手柄《てがら》は、その主人の手柄であり、ロアがやったことは雇い主のコラルドの功績ということになるのだ。

もっともこれは、必要以上に目立ちたくないというロアたちと、ロアを目立たせたくないコラルドやネレウスの女王の意向を擦《す》り合わせた結果でもある。裏で駆け引きもあり、表立っての褒賞はコラルドが受け取ることとなった。

国を海底火山の噴火という壊滅の危機から守ったのだから、当然のようにその褒賞は莫大《ばくだい》なものになった。

その中には、ネレウス王国の都合でロアが誘拐されたことへの口止め料も含まれているのだろう。通常ではあり得ないものとなった。

交易船を一艘《いっそう》、自由に使える権利。

海路での交易は国家事業だ。交易船のような大型の船の開発も国家事業である。一般人には船の中を見ることすら叶《かな》わない。

それなのに一艘丸ごと自由に使える権利を与えられたのだから、商人であるコラルドにとって夢のような褒賞だった。

ネレウス王国でのコラルドの仕事は一気に増え、滞在期間が大幅に延長されることになったのである。

その間、ロアたちは望郷の一員であるコルネリアの姉が、養子に入った侯爵家《こうしゃくけ》に世話になっていた。

今ロアがいる部屋も、侯爵家の邸《やしき》の中で宛《あて》がわれた部屋だ。座っている椅子《いす》も、本を置いている机も、ロアには勿体《もったい》ないくらい豪華《ごうか》な装飾《そうしょく》が施《ほどこ》されている。

「もう少し、時間があるかな？」

ロアは窓に視線を向けたまま呟《つぶや》いた。

この国に来てからロアは、日の出と共に望郷のメンバーと剣の鍛錬《たんれん》をすることにしていた。地平線が白んできているものの、日の出まではまだ少しの時間がありそうだ。

ロアは読んでいた本に視線を戻した。

ロアの睡眠《すいみん》時間は短い。

いつも夜遅くまで起きていて、朝も夜明け前に起きている。

昔に睡眠時間を削《けず》って働く生活をしていたため、そのことが習《なら》い性《せい》になってしまっていた。それでも身体を壊したり思考が鈍ったりすることもないので、元々短い睡眠時間で大丈夫な体質だったのだろう。今でもその生活が続いている。

ロアは目を覚ましてから夜明けまでの時間を、本を読んで過ごすことが多い。従魔たちにも邪魔されない、ゆっくりできる時間だ。

ロアが読んでいる本は『魔獣考察《まじゅうこうさつ》』。

いかにも研究者が書いたと思わせる、素《そ》っ気《け》ない書名の本だ。

ロアが視線を戻した頁《ページ》には、このようなことが書かれていた……。


『……魔獣を深く知る前の予備知識として、ここでは民間にも広く知られている魔獣について書こうと思う。

まず、有名な魔獣と言えば、千年前に勇者《ゆうしゃ》と賢者《けんじゃ》の二人と協力して、魔王を倒した二体の神獣《しんじゅう》が挙がるだろう。

神獣は人類の危機に際して、魔獣でありながら神によって人類へと遣《つか》わされた存在だ。

魔獣の代表とするには異論があるかもしれないが、ここでは有名であることに重点を置かせていただく。

真紅《しんく》の炎を纏《まと》うフェニックス。

その巨大な翼《つばさ》を羽ばたかせると、目前の魔獣たちは全て炭と化したという。種族的な魔法適性は間違いなく炎の魔法だ。炎を纏うに相応《ふさわ》しい尊大《そんだい》で苛烈《かれつ》な性格をしていたと伝えられ、勇者を背に乗せて最前線で戦ったと言われている。

もう一体は、海のごとく深い青の鱗《うろこ》を持つドラゴン。

その巨大な尾をわずかに振るうだけで津波《つなみ》が起き、地上の魔獣すら洗い流されたという。

また、戦いによって荒れた土地に魔法で森を作ったとも言われている。

その逸話《いつわ》から、種族的な魔法適性は水の魔法か、植物の魔法と推測できる。水の魔法でも植物を成長させることは可能なため、水の魔法の方である可能性が高い。理知的で戦いを好まず、賢者と共に後方支援で活躍したそうだ。

ドラゴンの王とも言われ、神獣が出現した後はドラゴン種族全体で人間に危害を加えることがなくなったと言われている。

実際、千年前から報復《ほうふく》以外にドラゴンが人間に危害を加えたという記録は発見されていない。

神獣に支配されたドラゴンたちのように、現在は善性もしくは中立を示している魔獣も多い。

だが、魔獣の本質は悪だ。

次に挙げる魔獣は人間に対して悪意を持つことで有名な魔獣にしようと思う。

世の中には、三大害悪と言われる種族がある。

ひとつは、グリフォン。

言わずと知れた好戦的な魔獣の代表である。高位の魔獣は知能が高く理由もなしに攻撃してくることはないが、グリフォンだけは例外だ。

グリフォンは何の予兆《よちょう》もなく村や町、港などを潰《つぶ》しに来る最低最悪の魔獣であり、悪意の塊《かたまり》である。

襲撃された場所を後日調査しても、グリフォンに襲われた明確な理由が見つからないことが多い。目が合ったという理由で殴《なぐ》りかかってくる、理不尽《りふじん》なチンピラのような存在だ。

見かけたら、全力で逃げるしかない。

知能は高いが交渉《こうしょう》は不可能。むしろ嗜虐心《しぎゃくしん》を刺激《しげき》して、より悲惨《ひさん》な死を迎《むか》えることになるだろう』

「へぇ、他のグリフォンってそんなに気性が荒いのかぁ」

ロアはそこまで読んで、思わず声を上げた。

ロアが知っているグリフォンは、従魔のグリおじさんと城塞迷宮《シタデルダンジョン》に棲《す》むグリフォンたちだけだ。種族全体の性格などは知らない。

「グリおじさんたちとは違うなぁ。グリおじさんはお話すれば分かってくれるし」

グリおじさんはたまに自分勝手なことをするけれど、言い聞かせればちゃんと分かってくれる。城塞迷宮《シタデルダンジョン》のグリフォンたちも、最初は攻撃的だったが最後はビックリするぐらい腰が低かった。

ロアにとってグリフォンはたまに問題を起こすが従順で、話せば分かってくれる種族なのである。

ロアは珍しく腹立たしさを感じた。この本の著者はグリフォンに偏見《へんけん》を持っている気がする。

たぶん、グリおじさんが勇者パーティーの従魔として有名になる前に書かれた本なのだろう。グリおじさんが活躍したことを知ったなら……多くの人を助けたと知っていたら、こういった意見は出てこない。むしろロアの本拠地であるペルデュ王国では、好意的に見られているはずだ。……そう、ロアは考えた。

ただ、こういった意見を持つ人間はロアだけだろう。

もしこの本を読んでいるのが望郷のメンバーだったら……それどころか、グリおじさんの性格を知るロア以外の者たちだったら……皆、同じことを考えたかもしれない。

「書いてあることは、あの性悪《しょうわる》グリフォンの性格そのまんまじゃないか！」と。

ロアはさらに本を読み進める。


『……次に、妖精《ようせい》。

人里近くに縄張《なわば》りを作ることが多いため、一般人が被害を受けることが多い。

イタズラ好きで、農作物をダメにされるなど被害自体は軽微《けいび》だが、その代わりに被害件数が多いため三大害悪に数えられている。質《たち》の悪い害虫のような種族である。

元々は人間の役に立つように錬金術師《れんきんじゅつし》によって作り出された魔獣と言われている。そう言われる理由は、気に入られれば仕事を手伝ってくれるという伝説によるものだ。

ただしそれは、見た目が人間に近いため親近感を覚えて、善性を期待した結果だろう。そういった例を調べてみれば、どれも未熟な算術や記録違いから発生した勘違いだった。

所詮《しょせん》は魔獣である。友人になれるなどとは思わないように……』


「……そういえば……」

ロアはふと思い立ち、本を閉じた。閉じた本は立派な作りをしていた。

表紙と背表紙はやけに手触りの良い魔獣の革《かわ》で装丁《そうてい》されている。ロアが見たこともない革だ。

その表面は型押《かたお》しで立体感のある加工がされていて、表題などの文字部分には金箔《きんぱく》が貼ってあった。要所要所に銀の飾《かざ》り金具《かなぐ》まで施されている。

ロアはじっと本を見つめる。

……やっぱり、手に入れた記憶がない本だ。

この本は、いつの間にかロアの荷物に交ざっていた。自分が興味を引かれて買いそうな内容ではあるのだが、買った記憶がまったくない。

何より、ロアは見た目よりも本の内容に魅力を感じる質《たち》だ。こういったしっかりとした本である必要はなく、よほどの事情がない限りは、写本で手に入れている。本自体の流通量が少ないし、写本の方が遥《はる》かに安いからだ。

だから、こんな本を買ったなら必ず記憶に残っているはずだった。

なのに、覚えがない。

「こういうの、妖精のイタズラって言うんだよね……？」

妖精が多くいる地域では、手に入れた記憶のない物が手元にあるとか、逆に絶対に手に入れたはずの物が見つからない場合など、「妖精にイタズラされた」と言うらしい。

ロアは妖精の項目を読んでいた時に、そのことを思い出したのだった。

「この国には、妖精がいるのかな？」

ロアは妖精を見たことがない。出現したという話くらいは聞いたことがあるが、実際に出会ったことはない。

それでも、妖精が物作りなどの仕事を手伝ってくれるという伝説は知っていた。日々色々な物を作っているロアとしては、ものすごく気になる魔獣だ。

グリフォンについて書かれている内容を考えると、とてもこの本の記述が正しいとは思えない。ひょっとしたら、本当に手伝ってくれるのではないか。それなら、ぜひ妖精に会ってみたい。手伝ってもらえれば、きっと、今よりももっと色々な物が作れるだろう。

物作りに割《さ》いていた時間で鍛錬ができて、自分の理想の冒険者に今より早く近づけるかもしれない……。

……ロアがそんなことを考えていると、いつの間にか手元まで朝日が差し込んでいた。

「そろそろ行くかな」

視線を窓に向けると、朝日が眩《まぶ》しい。良い天気だ。

空気も清々《すがすが》しく、気持ち良く朝の鍛錬ができるだろう。ロアは本を閉じたままにして、立ち上がった。

ロアが部屋を出た後、残された本は机の上で朝日に照《て》らされキラキラと輝いていた。

まるで本自体が輝きを放っているかのように。

空が高い。

どこまでも青く透《す》き通り、眺《なが》めるだけで心すら晴れていくようだ。だが、虚《うつ》ろな目で空を見上げる男の心は、暗く淀《よど》んでいた。

ここはネレウス王国の北東部。

ペルデュ王国との国境を監視するために作られた、砦《とりで》の街だ。

あまり良好とは言えない関係のアダド帝国とも近い位置にあり、本来なら国家防衛の最前線となるはずの場所だった。

だが、街の雰囲気《ふんいき》は穏《おだ》やかだ。人が溢《あふ》れ、砦の街というよりは街道《かいどう》の宿場街《しゅくばまち》のような雰囲気がある。

今は戦争のない時代。国家間の均衡《きんこう》が保たれており、小競《こぜ》り合《あ》いはあるものの戦争にまでは発展しない。

しかし、この街がこれほどまでに平和なのは、それだけではなく先代領主と現領主のおかげでもあった。

この街の名は、ヴィルドシュヴァイン侯爵領。そして、領主の名はメルクリオ・ゲルト侯爵。

他国では貴族はその姓《せい》に領の名前を使っていることが多いが、ネレウス王国は姓に親の名を頂く。

つまり、現領主の親であり先代領主であった男の名は、ゲルトということになる。

ゲルト。それは、ネレウス王国だけでなく他国にも知れ渡っている剣聖《けんせい》の名前であった。

ここを襲ったり大きな事件を起こしたりすれば、まだ健在な剣聖ゲルトが復讐《ふくしゅう》に来る。そんな風に思われ、他国であってもこの街には安易に手出しができなくなっているのだった。

また、この街に勤《つと》めている騎士《きし》や兵士たちも、強者揃《つわものぞろ》いだ。

剣聖を慕《した》って集まって来た者たちがほとんどで、彼の目に留まるように日々研鑽《けんさん》を積んでいる。

そういった者たちが守っている地だからこそ、国境沿いでありながらネレウス王国随一《ずいいち》の安全な街と言われていた。

このように先代領主である剣聖の影響が大きい街だが、もちろん、現領主のメルクリオも無能というわけではない。

メルクリオは知略《ちりゃく》の人だ。

腹黒《はらぐろ》侯爵、陰謀《いんぼう》侯爵、冷血《れいけつ》侯爵などと呼ばれ、彼もまた恐れられている人物だった。

剣聖の子供は正しく認知されているだけでも数十人……表に出て来ない者も含めれば百人単位でいるのではないかと噂《うわさ》されている。その中で知略だけで後継者《こうけいしゃ》の座を奪い取ったのだから、彼の有能さは察することができるだろう。

とにかく、そんな先代領主と現領主のおかげで、この街の平和は守られていた。

そんな平和な街の裏路地《うらろじ》で、この街の不幸を一身に背負ったように男は膝《ひざ》を抱えて座っていた。

着ている服はボロボロ。いたるところが破れ、泥《どろ》と垢《あか》に汚れている。それは彼がいかに過酷《かこく》な環《かん》境《きょう》にいたかを示していた。

「……クソ……」

男は小さく呟く。

淀んだ目を伏せると、排水が作った水溜まりに自身の姿が映っていた。

髪もブラシが通らないほどに汚れ、顔は泥だらけ。以前はキレイに整えていた髭《ひげ》は伸びまくって顔の大半を覆《おお》っている。

「クソっ……」

男は惨《みじ》めな姿を映されるのが耐え切れず、水溜まりに小石を投げ付けた。

男の名は、ダウワース。

アダド帝国の第三皇子……だった男だ。公式には、彼は死んだことになっていた。

それを知ったのは、つい先ほど。彼はその話を聞いた瞬間に膝から崩れ落ち、この場から動けなくなっていた。

一か月ほど前、彼はネレウス王国に戦いを吹っ掛けた。最初は上手くいくと思っていた。だが、まったく上手くいかなかった。

ネレウス王国どころか、王国民ですらない人間に負けた。それも、子供にしか見えない者にだ。負けて、死にかけた。

何とか生き延びることができたが、気付けば一人だった。

彼はどうにかしてアダド帝国に連絡を取ろうとした。最初はネレウスとアダドとの国境を目指そうとしたが、すぐに考え直してやめた。

自らが起こした戦いを切っ掛けに、両国の国境はどこも警戒されているだろう。そこに皇子が現れればすぐに捕らえられてしまう。ネレウスとアダドの国境は目指すべきではない。

ネレウス王国に入り込んでいる密偵《みってい》に連絡を取るしかないと、彼は考えた。

しかし、彼が把握《はあく》している密偵の潜入場所は限られている。その中から、第三皇子派閥《はばつ》の密偵が確実にいる場所を選び出し、さらに距離的に近い場所を考え……。

最終的に彼はこの街、ヴィルドシュヴァイン侯爵領を目指したのだった。

ヴィルドシュヴァイン侯爵領はペルデュ王国との国境の街だが、アダドにも近い。上手くすればそのままアダドに戻る手引きもしてもらえるかもしれない。……そう考えて選択した。

そして、ここに辿《たど》り着くまで一か月かかった。

最初は身に着けていた装飾品を売って金を作ったが、すぐに尽きた。贅沢《ぜいたく》をしていたわけではない。安い金額でしか売れなかったからだ。

皇子である彼の装飾品は一流。だが、買い取った商人に訳ありだと見抜かれて足元を見られた。

彼自身は警戒していたつもりだったが、服がいかにもアダドの軍人風で、訳ありの人間なのは商人でなくとも一目瞭然《いちもくりょうぜん》だった。

間の抜けた話である。

そのことに気付いたのは商人に指摘され、衣服の買い取りの提案と同時に変装のためのネレウス風の服を差し出された後だった。何もかも、遅過ぎた。

そして金が尽きた後は、宿にも泊まれず、野宿生活となった。

食べ物も自分で集めた。軍で食料に適した動物や魔獣、草木について教育されたことに感謝する日が来るとは思ってもみなかった。街の裏路地で残飯《ざんぱん》を漁《あさ》ったこともある。

馬車にも乗れず、移動は徒歩だ。慈悲《じひ》の心を持った旅人が馬車に乗せてくれたことがあったが、本当に極稀《ごくまれ》な出来事だった。

そうして、必死の思いでこの街に辿り着いた時には、今のようなボロボロの姿になっていた。

密偵に連絡が取れ、アダドに帰れば元の生活に戻れる。その希望だけを胸に抱き、ここまで来たのだった。

……その希望も、一瞬にして打ち砕かれる。

何とか出会うことに成功した密偵の言葉……。

『あんたはもう、死人なんだよ』

そう言われて、彼は意味が分からなかった。

自分は生きている。なのに、どうして死人なのか？　すでに国から自分の死亡が発表され、葬式《そうしき》までしっかりと終わっているなどと誰が思いつくだろうか？

「…………」

石を投げ付けた水溜まりの波紋《はもん》が収まり、再び彼の姿を映す。

第三皇子であることから分かる通り、彼には二人の兄がいた。全員母親が異なる腹違いの兄弟で、年齢もほとんど同じだった。皇族の血はかなり濃《こ》いらしく、母親が違うというのに三人共に顔も背格好も、他人には見分けが付かないほどにそっくりだった。

仲の良い兄弟であったら同じ見た目でも何も思わなかったのかもしれないが、彼らは兄弟同士で反目し合っていた。憎み合っていたと言ってもいい。

母親たちの実家を後ろ盾《うしだて》にして、次の皇帝《こうてい》の座を争っていた。

そのため、誰でも見分けられるように、自然と互いの見た目に差を付けるようになった。

服は軍服を着ていることが多く、皇子は戴帽《たいぼう》の機会も多いため髪型で差をつけることも難しい。

結果的に、顔の表面。つまりは髭で差を付けるようになった。

第一皇子がキレイに髭を剃《そ》り落としていたので、残りの兄弟は髭を伸ばすようになった。第三皇子である彼は口髭だけにした。

そして。

「……クソっ……」

彼はまた水に映った自分の姿に向かって石を投げる。顔全体の髭を伸ばしているのは、第二皇子。

苦難の連続で髭を剃ることもできなかった今の彼の見た目は、その第二皇子にそっくりだ。

『あんたは、第二皇子にハメられたんだ。ご愁傷様《しゅうしょうさま》。情けで国には報告はしない。消えな』

密偵の言った言葉が、脳裏《のうり》によみがえる。

そう言われて初めて、今回の自分の行動が第二皇子派閥の手の者たちに操られていたことに気が付いた。またもや、遅過ぎる気付きだった。

自分は第二皇子に騙《だま》されてネレウス王国に戦いを仕掛け、そして、全てを失ったのだ。

奥歯を噛み締め、彼は自らの無能さを悔《く》やんだ。涙が溢れ、頬《ほお》を伝った。喉《のど》から嗚咽《おえつ》が漏れる。

情けなさに、声を殺して泣いた……。

「その……お困りだろうか？」

どれくらい時間が過ぎただろうか。泣き疲れた頃に、彼の頭上から不意に声が掛かった。彼は驚き、顔を上げる。

「…………」

いつの間にか、彼の目の前に騎士服を着た女性が立っていた。下級騎士なのだろう、この国の騎士にしては地味な色合いの服だ。

「……困っているように見えるのだが、間違いないな？」

彼は目の前に立つ女性を見つめる。男性のような口調だが、声は柔《やわ》らかな響きを含んでいて不快ではない。

「……」

「すまない。不躾《ぶしつけ》な質問で気分を害したなら謝ろう。普段から街を見回っている兵士たちなら気の利《き》いた言葉で警戒されないようにできるのだろうが、私は慣れていないんだ」

女性は少し困ったように小首を傾げる。

見上げる形で、背後に透き通るような青空が見えるせいだろうか。彼の目にはその女性が輝いて見えた。

「……いや……大丈夫だ……」

涙と鼻水の跡が残る情けない顔を向けながら、彼が発せた言葉はそれだけだった。

「生来の不器用者でな。すまない。……それで、困っているなら助けたいと思うのだが、よろしいか？　いや、その、警戒しないでくれ。他の街では食い詰め者は牢屋に入れたり追い出したりするらしいが、この街ではそういうことはない。領主の方針でな、救護施設という場所があり、保護した者たちは生活できるようになるまで面倒を見ることになっている。安心して欲しい」

安心して欲しいと言ってはいるものの、会話の中に「牢屋」や「追い出す」という言葉を入れるのは失敗だろう。その言葉を聞いた時点で不安に感じて逃げ出す者が出るかもしれない。

確かに、言葉通り彼女は不器用な人間なのだろうと、彼は思った。

「……不器用か……」

思えば、自分も不器用な人間だった。兄である第二皇子に蹴落《けお》とされ、周りにいた部下たちに見捨てられるほどに。

彼はそう自覚した瞬間、なぜか少し心が軽くなるのを感じた。

「どうした、助けられるのは嫌か？　矜持《きょうじ》もあるのかもしれないが、そうは言ってられないように見えるぞ？　そ、そうだ、私の身分を明かしていなかったな！　それなら、警戒されるのも仕方ない」

彼が少し考え込んでいると、なぜか女性が慌て出して言葉を重ねてきた。

「私は侯爵家の騎士で、イヴという。一応、少し前までは街を見回る兵士をしていたのだが、こういった人助けの機会に恵《めぐ》まれなくてな。本当に不慣れなんだ、すまない」

彼女はそう言うと、笑みを彼へと向けて見せた。

安心させようとしてくれているのだろう。だが、作り笑いに慣れていないのか、ぎこちない不器用な微笑《ほほえ》みだった。

「ダースだ」

彼はそう名乗り、口元を緩める。

この一か月使っていた偽名だが、名乗らないよりは良いかと口にした。何より、この女性には名乗って、自分のことを覚えておいて欲しかった。

「ダースか。良い名だな。まずは落ち着ける場所に移動して、食事を出そうと思う。立てるか？肩を貸そうか？」

女性……イヴは立つのを助けるために、彼に向かって手を伸ばした。

女性にしては大きな手。そうとう鍛《きた》えてきたのだろう。騎士に相応しい、礼節と強さを感じさせる手だった。

「頼む」

そう言って、彼はその手を握り返した。

握った手は、今まで触れた誰の手よりも温かかった。

ロアたちはいつも朝の剣の鍛錬を、侯爵邸の敷地内にある空き地で行《おこな》う。

小高くなっている場所で、海が見渡せて景色も良い。

空き地といっても侯爵邸の敷地内なので手入れはされている。生《は》えている草は短く刈り込まれて、まるで緑の絨毯《じゅうたん》のようだった。

鍛錬に熱が入って転んだとしても草が衝撃を吸収してくれるので、剣の鍛錬をするには最適の場所だ。

もちろん侯爵邸の中にも鍛錬場があるが、そちらは主に侯爵家の兵たちが使用している。一応は客人として逗留《とうりゅう》しているロアたちは、兵たちの邪魔にならないようにここでやることにしているのだった。

「……頼む！　一度だけでいい!!　な？」

〈……〉

ロアと望郷のメンバーのディートリヒとコルネリア、クリストフが黙々《もくもく》と剣を振っている。

その周囲を従魔の双子の魔狼《ルーとフィー》が走り回って遊んでいる。蹴られた草が海風に舞った。

剣の鍛錬なので、同じ望郷のメンバーでも魔術師のベルンハルトの姿はない。昨夜は魔法の研究のために深夜まで起きていたので、まだ眠っている。

「一度だけ！　もう一度だけやれば、スッキリ諦《あきら》めるから！　頼む！」

〈………〉

少し離れた小高くなった場所に、グリおじさんが寝そべっていた。だらしなく翼を広げて、朝日に晒《さら》している。

「な？　一度だけだ。いいだろう？」

そして、そのすぐ近くで、剣聖であり元ヴィルドシュヴァイン侯爵のゲルトが、這《は》いつくばって頭を下げていた。

〈…………〉

頭を下げて頼んでいる剣聖を、グリおじさんは完全に無視している。

グリおじさんだけではない。ロアも、ディートリヒも、とにかくこの場にいる全員が無視していた。

剣聖の願いは、グリおじさんとの再戦だ。

グリおじさんと剣聖は一度戦っている。それも、魔獣であるグリおじさんが剣を嘴《くちばし》で咥《くわ》えて戦うという、かなり変則的な戦いだ。

その結果は、グリおじさんの圧勝。

剣聖は人型でない魔獣と剣同士で戦うのは初めてだった。その不慣れな状況と、グリおじさんの剣の腕前が自身を上回っていたことから、彼は一撃も入れられずに終わってしまった。

その時の悔しさが忘れられないのだろう。毎朝、剣聖はグリおじさんに頭を下げて再戦を頼み続けていた。

ディートリヒ曰《いわ》く、剣聖は戦いたい相手がいたら、なりふり構わず奇襲を仕掛けてでも戦うらしいが、今回の場合は違っている。

剣聖が望んでいるのは、あくまでグリおじさんとの剣での戦いだ。

奇襲を仕掛けても、魔法で追い払われるだけだろう。剣での戦いにはならない。グリおじさん自身を説得して剣を取らせないと無意味なため、ひたすら頭を下げ続けているのだった。

朝の鍛錬の場を狙って頭を下げ続けているのは、近くにロアがいるからだ。

ロアがいれば、グリおじさんは剣聖のことを無下《むげ》にはしない。魔法で追い払われたり倒されたりすることもないし、せいぜい無視される程度だ。

それに、剣聖にも立場というものがあり、ロアたち以外の人目に付かない場所を選ぶのは当然だろう。

剣聖は脳筋《のうきん》でありながら、意外と周囲や自分の立場を考えている。

ちなみに、ロアたちも最初から今のように無視していたわけではない。実はグリおじさんと剣聖は、ロアのとりなしもあって一度だけという約束で再戦していた。

その時も圧勝とまではいかないものの、グリおじさんが勝って終わっていた。

これでもう文句はないだろうと安心していたら、剣聖は次の日にまた再戦を申し込んで来たのだ。

「もう一度だけ」と言いながら。

「この戦闘狂ジジイは、勝つまで続けるぞ。ロア並《な》みに諦めが悪いからな」と、ディートリヒが呆《あき》れながら言ったため、それ以降は全員が無視することに決めたのだった。

……ロアは自分を引き合いに出されたことに納得のいかないものを感じていたが。


そんなこんなで剣聖のことを無視したまま、ロアたちは朝の剣の鍛錬を終える。

その後は朝食を食べ、ロアは出かける準備を始める。

ロアが向かうのは学園だ。

そのため、制服に着替える必要があった。

この国で学園と呼ばれるのは、ネレウス王立学園のことである。王都にある貴族が学ぶための学校で、教師も一流の者が揃っている場所だった。

ロアは王都を救った功績から、ネレウスに滞在中限定で学園に通うことを許されていた。

最初は色々な問題が起こっていたが、それも今では収まっている。

そもそもその問題も、学校に通ったことがないロアが「教師」という仕事を少し誤解《ごかい》していたことから発生していたものだった。

ロアは教師とは教えるのが仕事なのだから、専門の分野であれば何でも知っていて、何でも教えてくれる存在だと思っていた。

確かに大きくは間違ってはいない。それが、度を越していなければ。

ロアが知識を得る手段と言えば、本を読むか、職人などの作業を見ながら時々教えてもらう程度だ。教師というのが、どの程度の教育をしてくれるものなのかよく分かっていなかった。

ロアは教師も学生が納得するまで教え続けてくれるものだと思っていた。教師側も、気安く「何でも聞いてくれ」と、たかが庶民がしてくる質問だからと甘く見て答えた。

だから、ロアはひたすら質問を続けた。

錬金術や物作りに関係することや、自らも魔法や魔獣についての知識や体験を語り、時には実践《じっせん》を交えて意見を求めた。

これがもし、教師の想定通りに普通の庶民が持っている程度の知識なら……せめて、普通の学生程度の知識だったら、学ぶのに熱心な学生だと思われて終わっていただろう。

だが、ロアは非常識だった。

ロアは錬金術や物作り、魔法、魔獣については教師と同等かそれ以上の知識があった。特に錬金術は異常と言って良いほど詳しい。質問の内容も、教師の想像がつかないものばかりだった。

教師たちは質問に答えるどころか何を質問されているのかすら分からず、やんわりと誤魔化《ごまか》して逃げ出そうとした。

だが、逃げ出せなかった。

学園に出入りを許されていた三匹の従魔が、ロアの死角から威嚇《いかく》して逃げるのを許さなかったのである。

特にグリおじさんは陰湿《いんしつ》で、答えられなかった教師には、ロアに気付かれないように嫌がらせまでやらかしていた。

グリおじさんにしてみれば、遊び半分の軽いイタズラも兼《か》ねていたのだろう。それでも、やられた方はたまったものではない。

その結果、教師たちは病んだ。多くの教師が潰れた。

ロアに付いた仇名《あだな》は『教師潰し』。

教師たちはおろか、生徒たちにまで恐れられてしまったのだ。

それが収まったのは、まず、ロアがグリおじさんの所業に気付いたことが切っ掛けだった。グリおじさんが叱《しか》られたことで、双子もやってはいけないことだと理解してやめた。

それからロアは、教師は教科書に沿って教育するのが基本で、無制限に知識を与えてくれる存在ではないと知った。病んだ教師たちに、泣きながら説明されたのである。

さらにクリストフに説教され、ロアは過剰な質問をやめた。

クリストフは一緒に誘拐された後から、ロアのやらかしを叱り、すごいことをしたら褒めて、ロアの自己評価の低さの改善を目指している。

今回も「教師はロアほど知識がないんだから、無茶をするな」と説教をし、「本だけで学んだ自分なんかより、教師は色々知っているはずだ」と引き下がらないロアが納得するまで気長に話し合った。

ロアの博識《はくしき》を褒めて、ロアの発想力を本人が恥ずかしがって顔を真っ赤にするまで讃《たた》えた。

そのおかげで、ロアは何とか納得したのだった。

……それでも、頑固者《がんこもの》のロアは渋々《しぶしぶ》といった感じだったが。

「さて、行こうか」

学園の制服を着て、いつもの魔法の鞄《マジックバッグ》を持って、準備は終了だ。部屋の入り口で待っていた双子の魔狼《ルーとフィー》に声を掛ける。

今のロアは、知識を得る場所という点では学園に行く必要性をあまり感じていない。自分で図書館に行って学ぶ方が有益そうだと思っているくらいだ。

しかし、ロアは学園自体に魅力を感じていた。

学園にはロアと同じ年頃の学生がたくさんいる。ロアが考えを改め、教師潰しの異名《いみょう》を返上し始めたあたりから、学生たちが接触して来るようになった。

すると次第に、ロアも交流を楽しむようになった。ロアにとって、初めての同年代の友達と言ってもいいだろう。

その交流がロアに良い影響を与えているようだ。

「そうだ、あれも持って行こう。読む時間があるかもしれないし」

部屋を出ようとしていたロアは立ち止まると、机の所に引き返した。

そこにあるのは、早朝に読んでいた革張りの本『魔獣考察』だ。ロアはその本を掴むと愛用の魔法の鞄《マジックバッグ》に入れ、胸を弾《はず》ませて部屋を出て行くのだった。


ネレウス王国の王城深く。

女王スカーレットの私生活の場《プライベートスペース》に程近い一室では、ごく少数の者たちによる会議が行われていた。

「それで、あのお話はどうなったかしら？」

「順調です。着実に王都から国中に広まっています。有志で金を出し合って神狼《しんろう》の像を作る動きもあるほどです」

女王の問い掛けに答えたのは、カールハインツ王子だ。

カールハインツは女王の密偵である。勅命《ちょくめい》で動き、諜報《ちょうほう》をはじめとした様々な命令をこなす部隊の頂点だ。そういった才能を買われて、王女の養子にされた男だった。

今、この部屋の中には女王と、そして彼女以外にカールハインツを含めた五人の男たちがいた。皆平等だと言わんばかりの円卓《えんたく》の席に着いている。円卓はそれほど大きい物ではなく、その気になれば互いの手が届きそうな距離で顔を突き合わせていた。

王城深くの部屋を会議に使うということは、女王が主宰《しゅさい》する密談という意味合いが強い。その証拠に、彼ら以外の側近《そっきん》や侍従《じじゅう》どころか護衛すら入室は許されていない。

「その……神狼信仰《しんこう》というのは……本当によろしいのでしょうか？」

少し怯《おび》えた感じで口を開いたのは、この国の宰相《さいしょう》だった。白い髭を蓄《たくわ》え、おおよそ悪だくみとは無縁の雰囲気を纏った、人の好さそうな老人だ。

彼が伏し目がちの視線をちらりと向けると、女王は赤く彩《いろど》られた唇《くちびる》を笑みの形に歪《ゆが》めた。それを見て、宰相は怯えたようにまた目を伏せる。

「よろしいのとは？」

「はい……。民草《たみくさ》には秘されておりますが、この国の大地は聖獣《せいじゅう》フェニックス様の縄張り。その、安易に別の魔獣の名を広めますと、フェニックス様の不興《ふきょう》を買わぬかと心配で……」

宰相はこの国の政治の中心人物である。

政治には関わらないと公言している女王に代わり、国家運営の全てを執《と》り仕切っている。有力貴族相手でも対等以上に渡り合う、堂々とした男であった。

だが彼は女王が苦手だった。文官の出身であり、執務に人生を捧《ささ》げてきた彼は、圧倒的な力を持つ女王の前では怯えた子供のような態度になってしまう。

ここにいる者たちはそのことをよく理解しており、誰も卑屈《ひくつ》な態度を取る彼を咎《とが》めたりはしない。

何より、女王にとっては、宰相であっても子供のようなものである。年老いた老人の宰相よりも、女王の方が遥かに長い時を生きているのだから。

「問題ないわ。それがフェニックスの望みだもの」

女王は当然とばかりに告げた。

「ここはあくまで仮の縄張りなのよ。魔獣の事情は分からないけど、代わりがいるなら手放したいそうよ。ここがフェニックスの縄張りだと公《おおやけ》にするのを禁じているのも、そのためらしいわね」

「で、では別の魔獣でもいいのではないか！！？」

興奮気味に口を挟んで来たのは、騎士団長だ。身《み》の丈《たけ》二メートルを超える大男で、剃り上げた頭も顔も傷だらけ。金糸《きんし》と宝石で飾られた騎士服を着ているから騎士だと分かるが、騎士というより海賊のお頭《かしら》と言われた方が納得いく見た目だ。

「騎士団長。貴方《あなた》はどうせグリフォンを推《お》すのでしょう？」

「まさに!!　あの強さ、我が国を縄張りにするのに相応しいっ!!」

彼の声に部屋全体が揺れる。戦場で指揮をするには相応しい大声だったが、室内ではいささか迷惑だ。女王以外の男たちは耳を押さえた。

彼が推しているグリフォンとは、当然ながらグリおじさんのことである。

グリおじさんは過去にこのネレウス王国の港を襲撃するなどかなりの迷惑をかけているはずなのだが、強さが全ての脳筋男たちには憧《あこが》れられている。

騎士団長も例に漏れず、グリおじさんの信奉者《しんぽうしゃ》であった。

「ダメよ。迷惑グリフォンさんの縄張りだなんて、この国が亡《ほろ》びるわよ？　城塞迷宮《シタデルダンジョン》の周辺みたいに人が住めない土地にしたいの？　私はそれはそれで面白そうだからいいんだけど……双子ちゃんの方が都合が良いのよね」

「都合!?」

騎士団長は首を傾げてから、他の人間たちの顔を見回す。

自分では理解できない疑問の答えを他の者たちに求めたのだが、誰一人として口を開こうとはしなかった。

「うちの国の人間、それも王子が二人、双子ちゃんに特別仲良くしてもらってるから、都合が良いのよ。ね？　カールハインツ」

「…………」

楽しそうに微笑みかける女王から、カールハインツはそっと目を逸《そ》らして首元に巻かれているスカーフへと無意識に手を伸ばした。その下には双子に付けられた下僕紋《げぼくもん》がある。

……先ほどから話題に上がっている神狼だが。それはロアの従魔の双子《ルーとフィー》の魔狼のことだ。

双子が誘拐されたロアを探すために王都全体に響かせた遠吠《とおぼ》え。それは多くの人々を心酔《しんすい》させた。そして、大きな狼がネレウスの海の守り神である海竜と共に噴火を抑える姿を見たという噂が出回ったことで、神狼と呼ばれるようになっているのだ。

かなり作為的に広められた噂だが、それでも国民たちには好意的に受け入れられている。

幸い、目撃された神狼は、魔力で変化して大人状態になった時の姿だ。子魔狼の姿とは同一視されていないらしく、双子が街を歩き回っていても気付かれることはない。

「それでね、その仲良くしてる人に、次の王をやってもらおうと思ってるのよね」

「じょっ、女王！　それは!!」

宰相が慌てた声を上げて椅子から立ち上がる。その発言は王太子の任命と、女王自身の引退を意味するものだった。

それに、双子と特別仲良くしている二人の王子というのは、カールハインツとディートリヒ。どちらも現在の王位継承権の順位は低い。今ある継承権順位を無視すると言っているようなものだ。

「だって、同じ土地を治めるなら表と裏、人間の王と魔獣の王は仲が良い方が良いでしょう？　敵対してる土地は互いに潰し合いよ？　悲惨よ？　大陸全土で見ても、今は仲良くするか放置するかが主流だもの。だから、より濃い縁を結んだ人の方が都合がいいの」

人間は人間の理《ことわり》で国を治め、魔獣は魔獣の理で縄張りを治めている。治める範囲が重なるのは当然のことで、長い年月をかけて互いに均衡を保つようになっていた。

「神狼信仰が広まれば、丁度いい感じになりそうじゃない？　それに……」

女王は微笑みを強めた。五人の男たちは、それで何かを察したのか頬を引《ひ》き攣《つ》らせた。

「「「「「女王は飽きちゃったのよ」」」」」

この場にいる六人の声が、ピタリと重なった。

よほど頻繁《ひんぱん》に言われているのだろう、男たちは口調までしっかり真似《まね》ている。

一時《いっとき》の沈黙の後、女王以外の全員が円卓に突っ伏して頭を抱えた。女王はというと、なぜかご機嫌だ。

「……女王、その計画は破綻《はたん》してるんじゃないかなぁ……失礼。その計画は破綻していると思われます。いくら魔狼といっても、幼い子狼が国単位の縄張りを維持できるようになるのを待っていては、私もディートリヒも老人ですよ」

カールハインツは気が抜けたのか最初は口調を崩してしまったものの、姿勢を正して女王に人の好さそうな笑みを向けると言い切った。論破してやったとでも言いたげだ。

だが、女王は表情を変えることはない。

「あら。双子ちゃんは生まれつき強い魔獣よ？　成長と共に魔力も増えていって、一国くらいすぐに支配できるようになるわ。それに、高い魔力を持つ魔狼の下僕が、普通の寿命《じゅみょう》で終われると思わない方が良いわよ」

「え……」

「貴方とディートリヒ《ボクちゃん》、どちらに王になってもらおうかしら。楽しみだわ！」

まるでもう決まったことのように明るく言う女王に反して、男たちはお前が止めろと目で牽制《けんせい》し押し付け合っている。

ふと、上機嫌だった女王の表情が曇《くも》る。

スッと波が引くように笑みを消した女王は、空中に視線を這わせた。

「…………また、お仕置きしなきゃいけないかしら？」

人形のように表情を消し呟いた女王を見て、男たちは異常事態だと察した。緊張した空気が場を支配する。

「……何かありましたか？」

尋《たず》ねたのは宰相だ。

彼に先ほどまでの怯えた様子はない。女王の様子で国に関わる一大事だと判断し、施政者としての堂々とした態度に切り替わっていた。

「グリおじさん……グリフォンが王都の学園で暴れているわ。建物が、崩壊してる」

「なっ!!」

騎士団長が椅子を撥《は》ね飛ばして立ち上がった。王都の平和を守るのも騎士団の仕事である。彼にとっては早急に対応しなくてはいけない事態だ。

ただ、グリフォンとの戦いを期待して頬が緩みそうになるのを堪《こら》えていたりもするのだが。

グリフォンが暴れている。まさしく大事件。

グリフォンは錬金術師の少年の従魔であり完全に支配下に置かれていると、女王が保証していた。

この国を噴火から救う際に貢献《こうけん》していたこともあり、安全な存在として扱われていた。

それが、暴れている。

「……王都にロアくんがいないわ。たぶん、この国のどこにも……」

女王の呟きは、またもや予想外のものだった。


その時、ロアは学園の図書室にいた。図書室の中にいるのはロア一人だ。

今は昼食前。

学園は生徒の好みや家の事情に合わせて、必要な授業を選択して受けられるようになっている。

そのため選択した授業がなければ、授業中でもちらほらと教室外に生徒がいるのが普通だった。

ただ、今の時間に行われている礼法の授業だけは別だ。

学園では、貴族のマナーやルールを教える礼法の授業は参加必須だった。貴族はもとより、わずかにいる平民の生徒たちも、学園に通えた時点で将来が約束されているため、マナーやルールは欠かせない。

おかげで校舎の中だけでなく、普段は剣術などの授業で騒がしくなっている校庭にも誰も出ていない。実に静かな時間だ。

例外は、ロアだけだろう。

ロアはあくまで女王から与えられた褒美《ほうび》として、一時的に通わせてもらっているだけだ。他の生徒には必須の授業であっても関係ない。

ロア自身も礼法に興味がないし、無縁なことだと思っていることもあって、こうやって一人で図書室で自習をしていた。

ロアはこの後、昼食後に一コマだけ授業を受けて帰宅する予定だ。

その後は望郷のメンバーと合流して、海底火山の噴火を抑えた褒美に貰った海賊島に出向く約束をしている。

本来はロアに与えられる予定だった海賊島だが、ネレウス王国に籍《せき》のない人間に小島とはいえ領地を与えるわけにはいかず、名目上はクリストフの領地となっていた。おかげで領地を得てしまったクリストフは、一代限りの騎士爵《きししゃく》から世襲《せしゅう》貴族の男爵《だんしゃく》に出世させられた。

海賊島は内部の洞窟《どうくつ》に船着き場があるだけで、それ以外は何もない。外部も草や木が生えている程度で、人が近寄るような場所ではない。

しかし、そのおかげで海鳥の楽園となっており、ロアたちはその海鳥の卵を採りに行くのだ。珍《ちん》味《み》とされる最高に美味《おい》しい卵だ。

「……この木の実は見た気がするな……」

ロアは植物図鑑《ずかん》を見ていた。

海賊島に行くついでに、島の植生《しょくせい》を調べたいと思ったからだ。運が良ければ、色々と役に立つ植物が生えているかもしれない。

ただ、ロアは海辺《ネレウス》の国に生えている植物の知識が乏《とぼ》しいため、予習をしているのである。

図書室の中は、本当にロアしかいない。

管理している司書がいたはずだが、ロア以外に訪れる生徒がいないと分かると奥の書庫に行ってしまった。整理でもしているのだろう。

いつもロアの傍《かたわ》らにいるグリおじさんと双子《ルーとフィー》の魔狼も、図書室の中にはいない。

女王の配慮《はいりょ》により特別に学園内への出入りを許された従魔たちだが、貴重な本がある図書室の中までは許されなかった。三匹は図書室の外の広場で昼寝をしているはずだ。

今日は天気も良い。日差しを浴びて気持ち良く寝ているだろう。

「…………」

ロアは気になった植物の特徴を無言でメモする。ペンを紙に走らせる音だけが、図書室に響いていた。

不意に、ロアはペンを止める。自分が立てているペンの音に、別の音が混ざったからだ。

これが足音だったら、ロアも気にしなかっただろう。図書室は公共の場で、誰かが近づいて来るのは普通のことなのだから。

だが、それは虫の羽音のような、硝子《ガラス》同士が擦り合わされるような、不思議な音だった。

「……何だろう？」

ロアは頭を上げて周囲を見回し、音の発生源を探す。それらしい動きをしているものはない。

「え？」

……音の発生源らしきものはなかったが、それよりも遥かに妙なものをロアは見た。

「もう、夜？」

図書室だけあって、四方の壁は本棚で埋まっている。本の日焼けを防ぐために大きく開く窓はないが、上部に明《あか》り取《と》りの窓があった。

そこから覗《のぞ》く空が、暗い。黒い絵の具を塗りつけたように真っ黒だ。

ロアは慌てて立ち上がり、図書室の入り口に駆け寄る。日中は開け放たれているはずのそこも、深い井戸の底にも似た真っ暗な闇で満ちていた。

「グリおじさん!!」

異変を感じて、ロアは叫ぶ。

だが、何の反応もない。グリおじさんは図書室のすぐ近くの外にいる。呼べば必ず駆け付けて来てくれるはずなのに。

「ヴァル!!」

ロアは再び叫ぶ。

ヴァルは魔道石像《ガーゴイル》だ。姿を消して常にロアの傍らで護衛してくれている。今もロアに付かず離れずの距離にいる。……はずだった。

それなのに、何の反応もない。その代わりに、机の下でコトリと物音がした。

「……！」

机の下に置いておいた、ロアの魔法の鞄《マジックバッグ》が動いている。生き物のように波打ち、そして口を開けて何かを吐き出した。

「あっ！」

魔法の鞄《マジックバッグ》の中から飛び出して来たのは、本だ。魔獣の革で装丁された、立派な本。

それは知らぬ間にロアの手元にあった、『魔獣考察』という名の本だった。

本は魔法の鞄《マジックバッグ》から飛び出した勢いのまま宙を舞うと、ロアが植物図鑑を読んでいた机の上に乗る。

まるで生き物のような動きにロアが口をあんぐり開いて驚いていると、本の表紙が勝手に開き、頁《ページ》がめくられていった。

そして止まったのは、妖精の項目だ。

同時に本全体が光り始める。眩《まばゆ》い光にロアは目を細める。手で顔を覆って光を遮《さえぎ》ろうとしたが、その光は手を透過してロアの目を眩《くら》ませた。

気付けば、図書室全体が光に包まれていた。

四方の壁を埋め尽くしていた本棚すら、光に覆われて見えなくなる。ロア自身も光に覆われ、このまま自分の身体も光の中に溶け込むかと思われたが、その寸前で光は集束を始めた。

光は弱まることはなく、そのままの輝きで一か所に集まって形を取っていく。光なのにまるで粘《ねん》土《ど》か液体のような動きで集まると、光は垂直に立つ輝く円盤《えんばん》となった。

「……鏡？」

ロアは状況が整理し切れず、混乱する中でその呟きだけを何とか吐き出した。

光の円盤が浮かんでいるのは、机に置かれた本の数センチ上。輝いているのになぜかロアや周囲の景色を映し出している。まさに鏡だ。

だがそれだけではない。円盤はわずかに波打っていた。鏡というより、水面に近いかもしれない。

円盤の表面に影が浮かび上がり始める。影は濃くなっていき、段々と人型を取り始める。

そして気付けば、円盤の前に小さな男が立っていた。

「クマ?」

思わず、ロアは間の抜けた声を漏らしてしまう。小さな男は、子熊《こぐま》の着ぐるみを着ていた。

子供のように小柄で、子供のように幼さを残す顔。それに全身がモフモフとした子熊の着ぐるみで覆われていて、出ているのは顔だけだ。

それなのにロアがその者を子供だと思わなかったのは、只者《ただもの》ではない雰囲気を纏っていたからだった。子供が纏える雰囲気ではない。

子熊の着ぐるみ男が机の上に立つ。背後に光の円盤があるが逆光にはならず、男の表情までよく見て取れた。

何事もなかったかのように、図書室の中は静けさに満ちている。

ロアは驚き過ぎて何も言えない。男も、無言だ。

しばらく沈黙が続いた後、着ぐるみ男が動いた。

一度両手を広げ、右手を円を描くように動かしてから胸に当て、右足を引いて軽く交差させて頭を下げる。

それは貴族の礼だ。貴族の儀礼的なお辞儀《ボウ・アンド・スクレープ》。

男は深く頭を下げた後、上手くやれたとばかりに満足げな顔をロアに見せた。

「…………！」

男はロアに向かって何か言う。

しかし、ロアには何も聞こえない。口を動かしているのに、声が出ていないのだ。

真っ直ぐにロアを見つめる男の目は、不思議な色を放っていた。まるで虹《にじ》を溶かしたような、不思議な瞳だった。

敵意はない。ロアは男の様子から、即座にそう判断した。

「あの、どなたですか？」

明らかに不審者だ。しかも、よく分からない魔法を使って侵入して来たらしい。それでもロアは男は無害だという自分の直感を信じて問い掛ける。

「…………！　……!!」

口をハクハクと動かすものの、男の声は聞こえてこない。

ロアが首を傾げると、男は何かに気付いたようだ。少し考えるようにモフモフとした熊の手を口元に当てると宙に視線を這わしてから、再びロアに視線を戻した。

その瞳が輝く。瞳に渦巻《うずま》く虹の光が強まる。

やばい！

ロアはその光に怪しげなものを感じて目を逸らそうとした。

しかし、逸らせない。引き込まれるように、瞳を見つめてしまう。段々と身体の力が抜けていく。逆らえない。

ロアはもう、男の瞳を真っ直ぐに見つめることしかできなくなっていた。

「…………カラカラ……」

自分の意思に反して、勝手に口が動いた。

途端にロアは目眩《めまい》を感じる。もう何度目だろう、すっかり慣れてしまった従魔契約の感覚だ。

〈興奮して声が聞こえないことを忘れていました！　申し訳ありません、ご主人様!!〉

聞こえた声は中性的で、声変わり前の少年のようだった。

「……魔獣……」

ロアは身体を動かせない。力が入らず、ただ棒立ちしかできない。目すら上手く動かせなくなり、視界がぼやけていく。

そのぼやけた視界の中で、男の虹色の瞳だけがハッキリ見える。

〈そうです。ボク……いえ、私は魔獣。毛深い者《グルアガッハ》と呼ばれる妖精です。そして、今、貴方様に呼んでいただいたことで、再びカラカラの名を得ました〉

「…………」

音すら、聞こえなくなってくる。なのに、男……カラカラの声だけはハッキリとロアの耳に届いていた。ロアの思考は鈍り、霧《きり》がかかったように物事が曖昧《あいまい》になっていく。

「グリ……」

ロアは混沌《こんとん》としていく思考の中で、助けを求めて最も親しい者の名を呼ぼうとした。

〈ああ、いけません。あんなヤツの名を呼ぼうとするなんて。目印に使った本を通して目にする機会がありましたが、あれは貴方に寄生する害虫です。良くないもののことは忘れましょうね〉

「ルー……フィー………」

唇を震わせながら、ロアはなおも大事な者たちの名を呼んだ。

〈これは相当な精神力の持ち主ですね。私たち妖精の魔法特性は記憶と空間。記憶を掻《か》き混ぜて、異界《いかい》で包んで魔力回廊《かいろう》を閉じたのに、まだ名前を口にしようとするとはね。もう少し強めの魔法を使いますね〉

その言葉と共に、ロアは自分の頭の中で大事なものが混沌の中に溶けていくのを感じた。

〈……ああ、グリフォンが気付いてしまったようですね。外で、とんでもないことを始めたみたいです。雷魔法を五連発で落として建物を破壊して探すなんて、何を考えてるんでしょうね？　ご主人様が中にいたらどうするつもりなんでしょう？　ああ、魔道石像《ガーゴイル》が守っているから問題ないと考えてるんでしょうか？　バカですね、あのセンスのカケラもない石ころは私が遠くに飛ばしてやったのに〉

カラカラは口元を歪めてニヤリと笑うと、机から飛び降りてロアの前に立った。

カラカラの身長はロアよりも小さい。目の前に立つと、ロアを見上げることになる。カラカラは上目遣《うわめづか》いで、ロアの顔を覗き込んだ。

〈グリフォンのことも、犬たちのことも、ぜーーんぶ忘れさせてあげますからね。ボクがご主人様の唯一の従魔です〉

フフ……と、カラカラは楽しげに笑う。

ロアの目は虚ろだ。もう何も映ってはいない。

〈さあ、妖精の抜け穴を通って、家に帰りましょう。みんな、新しいご主人様の帰還を待っていますよ〉

カラカラはロアの手を取り握り締めると、頬を紅潮《こうちょう》させながら宣言したのだった。


その時、ディートリヒをはじめとした望郷のメンバーは学園の近くにいた。

午後からロアと合流して海賊島に向かうついでに、ちょっと豪華な昼食を食べようということになって出向いて来たのである。

学園は貴族街にある。

他国では貴族街は壁で守られて、貴族や使用人など許可がある者たち以外は入れないようになっている所が多いが、ネレウス王国ではそういった規制はない。

これはネレウスには庶民派の貴族が多く、壁などで区切られてしまうと逆に貴族が庶民向けの場所に出入りし辛くなると反発されたのが原因だった。他国ではあり得ない話だが、妙に貴族と庶民の距離が近いネレウスらしい理由だった。

そんな区切りの曖昧な貴族街だが、自然と庶民との住み分けはできていた。

貴族街は高級店が立ち並び、街並みも整っている。歩いている人間も貴族か裕福《ゆうふく》な商人たちで、庶民が立ち入れば、場違いな雰囲気に戸惑《とまど》うだろう。

物理的な完全な拒絶ではないが、庶民には近寄りがたい場所になっていた。

そんな貴族街の店の一つで、望郷のメンバーは昼食をとっていた。昼だけ営業をしている、料理とお茶を楽しむための店だ。夜間の営業はないため、酒は一切出されない。

「お、美味《うま》そう！」

テーブルの上に並べられた料理に、ディートリヒがナイフとフォークを握り締めて歓声を上げる。

望郷のメンバーがいるのは、テラス席だった。抜けるような青空の下、ディートリヒの声が広く響き渡る。

「リーダー、行儀《ぎょうぎ》悪いわよ」

子供のように声を上げたディートリヒを、コルネリアが窘《たしな》めた。

ディートリヒとコルネリアはいつもの冒険者姿ではなく、仕立ての良い服を着ている。さすがに貴族街の店に行くのに、いつもの冒険者姿では気が引けたのだろう。冒険者姿が似合う二人だが、それなりの服に身を包むと、貴族に見えないこともない。

服装に合わせて腰に剣を提《さ》げていないのも、大きく影響しているだろう。

「え、美味そうだろ？」

「…………リーダー、追い出されないように大人しくしててくれ。店員の冷たい目が痛い……」

当然とばかりに反論するディートリヒを、今度はクリストフが止めた。クリストフももちろん小《こ》綺麗《ぎれい》な服を着ていて、いつもよりさらにチャラさが増していた。

ディートリヒは過去に酔《よ》って暴れた経験から、多くの宿屋や酒場から出入り禁止を言い渡されている。

さすがに今いるような酒を出さない店からは出入り禁止になっていないが、それでも店員たちの目は冷ややかだった。常に監視されていて、何か問題を起こせば即座に叩き出してやろうという雰囲気すらあった。

それでも露骨《ろこつ》に態度に出さずに差別することもないのだから、さすがは教育の行き届いた高級店といったところか。

「…………」

ベルンハルトだけは我関せずとばかりに料理を食べ始めていた。マナーを心得た、優雅《ゆうが》な食べ方だった。

ベルンハルトは、いつも通りのローブ姿だ。魔術師の彼にはこれが正装であり、周囲の人間も見咎めることはない。

「さて、食べよう！」

そう言って、ディートリヒも食べ始めた。行儀が悪いと指摘された彼だが、一応は王子なのだから晩餐会《ばんさんかい》でも通じるようなマナーを身に着けている。それでも仲間である望郷のメンバーといると、どうしても気が緩んで地《じ》が出てしまうらしい。

その姿を見て苦笑いを浮かべてから、クリストフとコルネリアも料理に手を付け始めたのだった。

彼らが食べているのはこの店の名物の昼定食《ランチプレート》。

その日に安く仕入れられた魚をメインにして、穀類《こくるい》を使った料理と具沢山《ぐだくさん》のスープがセットになっている。学園に近いことから若い貴族向けに作られた、手ごろな値段で美味しくて量が多くて腹持ちも良いメニューだった。

もっとも、手頃と言っても貴族街の高級店の中ではというだけで、庶民には気楽に食べられる値段ではないのだが。

「……美味いなこ……伏せろ!!」

料理を食べ進め、ディートリヒが口を開いた時だった。真っ先に何かを感じ取った彼が、望郷のメンバーに向かって叫んだ。

その直後に響いたのは、ドンという全身の毛が逆立つような轟音《ごうおん》だった。

同時に閃光《せんこう》が瞬《また》く。強烈な光が周囲に満ちて、誰もが視界を失った。

この場で対応できたのは、望郷のメンバーのみ。

ディートリヒは叫ぶと同時にテーブルを蹴り上げて横倒しにすると、音と光に対して盾にしていた。他のメンバーも考えるより先に、ディートリヒの言葉に反応して身を伏せて、テーブルの陰に入っていた。

「…………雷《かみなり》か？」

音と光が収まり静まり返る中、ディートリヒが呟いた。確証はないが、彼の知識の中で同様の現象は雷しかない。

「……雷だとすると、あの威力はグリおじさん様でしょう……」

補足するように、ベルンハルトが呟いた。

今は晴天。雷が落ちるような天気ではない。それなのに雷が落ちたとなると、魔法しかあり得ない。そして、あれほどまでの凄《すさ》まじい威力の雷魔法の使い手で、思いつくのはただ一匹。

「なにやってやがんだ！　あの……」

ディートリヒが怒りで吠《ほ》えようとしたところに、またドンと轟音が響く。先ほど音がした方向に目を向けていたおかげだろう、一筋の光が眩く光るのを確認できた。

間違いなく雷だ。

周囲は阿鼻叫喚《あびきょうかん》だった。最初の雷で呆然としていた人たちが、事態を察して悲鳴を上げ始める。道を歩いていた人たちは雷の閃光で目をやられ、満足に周囲が見えないまま逃げ出そうとしてぶつかり合った。押し合い、転ぶ人たち。悲鳴は激しくなる一方だ。

「雷よ!! 建物の中に逃げて!」

コルネリアが逃げ惑う人たちを誘導するために声を張り上げた。

確証はないものの、雷であれば外よりは室内にいる方が安全なはずだ。もとより雷の魔法であれば目的を持って放っているはずで、こちらに向かって来ることはない。それに、混乱して外を逃げ惑うよりは室内で大人しくしておく方が安全だろう。

幸いなことに、轟音に耳までやられた者はいなかったらしい。足をもつれさせながらも、人々は建物の中に避難し始めた。

また、雷が瞬く。ディートリヒは閃光から目を守るために手で目元を覆いながらも、隙間から覗き見て正確な位置を探る。

「……学園の中に落ちてるな。間違いない。あの迷惑グリフォンだ!」

雷が落ちた先を見定め、確定とばかりにディートリヒは叫んだ。

学園は部外者立ち入り禁止のため、高い塀《へい》に囲まれている。広い敷地に様々な建物が並んでいるはずだが、望郷のメンバーがいる店から見えるのは背の高い校舎の屋根くらいのものだ。

それでも目測で学園の中に落ちていることは分かった。

今、ロアと従魔たちは学園の中にいるはずだ。学園の中で、ロアと従魔たちが何か事件に巻き込まれたに違いない。そして、グリおじさんが魔法を放ったのだろう。

何が起こったのかは分からない。推測すら不可能だ。ひょっとしたらグリおじさんがつまらないことに癇癪《かんしゃく》を起こしただけかもしれないが……と、考えてディートリヒはそれを否定する。

たいした理由もなくグリおじさんがあれだけの魔法を使おうとしたなら、ロアは必ず止める。状況によっては最初の一撃は止められないかもしれないが、二発目以降は絶対に止めるだろう。

それなのに、雷はすでに三発落ちている。ロアが止めなくても良いと思える状況なのか、近くにロアがいないか……。

ロアを守るために学園への同行を許されている従魔たちが主人の近くにいないことはあり得ず、もしロアと離れているならそれもまた異常事態だ。

「行くぞ！」

「「「おう！」」」

他の三人も同じく緊急事態だという結論に達したのだろう、即座に返答する。

伏せた状態から立ち上がり、学園の入り口に向かおうとしたところで、また雷が落ちた。

今度は連続で二発。音と閃光に耐えてから、発生源の方向に目を向けると。

「……崩れてく……」

戸惑うようなクリストフの声。

雷が直撃したのか、塀の向こうで学園の校舎が崩れ落ちていくのが見えた。


望郷のメンバーが学園の正門に駆け付けると、逃げ惑う人たちでひしめき合っていた。

学園には勉学のために貴重な書物や資料、器具類が保管されており、窃盗《せっとう》を防ぐために周囲を塀で囲ってある。出入りする門も限定されていて、それが完全に裏目に出ていた。

生徒と教師、学園内で働く職員たち。誰もが雷が連続で落ちるという異常事態に、少しでも早く学園の敷地から出ようとしていた。

門はそれなりに大きい物だが、それでも学園の関係者が殺到《さっとう》すれば全員が素直に通り抜けられるはずがない。人々は悲鳴を上げながら押し合い、いつケガ人が出てもおかしくない状態となっていた。

「押さないでください！　押さないでください！」

門衛たちは必死に人々を宥《なだ》めて冷静にさせようとするが、誰も聞いていない。荒らげている声が逆効果となり、人々をさらに混乱させるだけだ。

「おい!!」

ディートリヒは門衛の一人の肩を掴み声を掛けた。だが、反応はない。門に押し掛ける人々に、必死に呼びかけ続けるだけだ。

冷静に呼びかけているように見えて、実のところ門衛たちも混乱して周りが見えていなかった。肩を掴まれても気付かないほどに慌てていた。

学園の中からはまだ閃光が漏れ、雷によって何かが破壊される音が響いている。その度に、人々は動揺し、さらに激しく押し合い始める。大きく開放されている門扉《もんぴ》すら押され、蝶番《ちょうつがい》がギシギシと音を立てて引き千切《ちぎ》られそうになっていた。

「………ダメだな。どうせこんな状況じゃ、門は通れない。塀を乗り越えるか。人が多過ぎるから、少し離れるぞ」

一応は道理を通して、門衛に声を掛けてから学園の中に入ろうと思っていたディートリヒだが、反応がないなら仕方ない。塀を乗り越え侵入することに決めた。

望郷のメンバーは無言で頷《うなず》くと、門から離れて人が疎《まば》らになっている所まで移動した。

「リーダー!」

「おう」

手頃な場所を見つけたコルネリアが声を掛けると、ディートリヒが壁に背を預けて立ち、腹の前で掌《てのひら》を組む。

コルネリアはディートリヒの組んだ掌と肩を足場にして跳び、塀の上へと登った。あとは全員がコルネリアに引き上げてもらい、望郷のメンバーの学園への侵入はあっさりと成功した。

門ほどではないものの、学園の中も騒然としていた。塀を越えて侵入しても誰も見咎めないのだから、その混乱具合が分かるだろう。ほとんどの人間が逃げ出すために門へと押し寄せており、少し進めば人影も疎らとなった。

「リーダー、ちょっと待ってくれ。情報が欲しい。……大丈夫か？」

クリストフは、ケガをした生徒に肩を貸して歩いている教師を見つけて駆け寄った。ケガをしているということは事件の中心近くにいたということで、クリストフはそこに目を付けたのだ。

「……大丈夫です。彼は、飛んで来た瓦礫《がれき》で足にケガを……」

「これを飲ませて」

身綺麗な服を着ているせいでクリストフのチャラさが増しているが、教師は疑うことなく助けを求めた。クリストフはポケットから小瓶《こびん》を取り出すと、教師に押し付ける。小瓶の中身はロア特製の治癒魔法薬《ちゆまほうやく》だ。

「ありがとうございます」

教師は渡されたのが治癒魔法薬だと気付き、素直に受け取ると躊躇《ちゅうちょ》なく肩を貸している生徒に飲ませた。

「……それで、いったい何が？」

「分かりません……。突然光とすごい音がして本校舎が崩れました」

「他にケガ人は？」

「分かりません。礼法の授業中でしたので……全校の生徒が実習棟に集まっていました。教師も礼法の教師以外は休憩や自分の仕事の時間に充てていて、厚生棟か研究棟にいたはずです。……崩れた本校舎に人は、いなかったと思います」

魔法薬を手渡されたことで、相手が救助の人間だと判断したのだろう。歯切れが悪いものの、教師はクリストフの質問に答えていく。クリストフはさらに質問を重ねながら、同時に探知の魔法を使って周囲の状況を調べた。

クリストフの魔法は、学園の中心部に人影がないことを伝えて来る。正門と裏門の近くにはまだ多くの人がいるが、そこまで辿り着いているなら避難は完了していると言ってもいいだろう。目の前にいる教師と生徒だけが、ケガで逃げ遅れたに違いない。

ただ、クリストフの魔法では瓦礫に埋まった人間までは分からないため、絶対とは言えないが。

クリストフが質問を終えて教師に逃げるように促《うなが》した時には、魔法薬を飲ませた生徒も落ち着き自分で歩けるようになっていた。

「……被害者は、ほとんどいなさそうだな」

クリストフは教師の話と自分の探知結果から、そう判断した。

「無茶苦茶してる割には、人間に被害が出ないように魔法を使ってるってことか？」

「たぶん。ただの偶然かもしれないけどな」

ディートリヒの問い掛けに、クリストフは答える。

グリおじさんは、いつもは人を殺さないように配慮している。「小僧《ロア》に怒られるから」という利己的な理由だが、配慮しているのは間違いない。あえて人がいない建物を狙って破壊し、それに驚いて人々が逃げ出したのを確認して次の建物を破壊……といった風に、人間に被害が出ないように考えて攻撃していた可能性は高い。

だが、その破壊の理由が謎《なぞ》だ。まさか、いくらあの性悪グリフォンでも面白半分に破壊を始めたとは思えない。……ないと信じたい。

「行くぞ」

情報収集は終わったとばかりに、ディートリヒは校舎があった場所に目を向ける。

そこはもう、瓦礫の山だ。最初は本校舎だけを狙ったのだろうが、すでにどの校舎も関係なく崩れ落ちていた。雷は収まっているが、今度は小さな竜巻《たつまき》が複数発生していた。竜巻は瓦礫を巻き上げてぶつけ合い、細かく砕いていく。

「あいつ、学園を砂漠《さばく》にでもするつもりかよ」

ディートリヒは惨状を見て息を呑み、思わず吐き捨てる。だが、怯《ひる》んでいられないと気合を入れ直した。

「クリストフ、あの極悪《ごくあく》グリフォンはどっちにいるんだ？」

「こっちだ。ついて来てくれ」

クリストフの探知は、三匹の魔獣の存在を捉えている。当然ながら、それはグリおじさんと双子だ。クリストフは瓦礫を避けつつ、最短でそこへと向かえる道を考えながら走り出す。

やけにキラキラとした目で瓦礫の山を見つめているベルンハルトの顔が視界の端に見えた気がしたが、ため息を軽く漏らして気にしないことにした。

グリおじさんたちがいる場所へと駆け寄って行くと、望郷のメンバーの耳に徐々に声が聞こえ始めた。

〈…………どこだ！　小僧っ！　答えよ!!　くそ、建物をなくしても見つからぬ！　地下か？　地下なのか!?〉

一番大きいのはグリおじさんの声だ。明らかにロアを探している。聞こえる言葉からすると、建物を破壊したのは、探すために見通しを良くしようとした結果なのだろう。

ロアが巻き込まれたらどうするんだ……と、望郷の全員が思ったが、すぐにロアに付いて守っている魔道石像《ガーゴイル》のことを思い出した。破壊された瓦礫程度では、ロアを傷付けることはできない。

〈〈……ロア………ロア……ロア……〉〉

聞こえて来る双子の声は弱々しく、泣いているようだった。いつもの元気な声ではない。異変が起こっていることは間違いないと確信し、走る速度を上げて近づくと、ほぼ更地になった場所に、三匹はいた。

〈小僧!! 答えよ!!〉

全身の獣毛羽毛を逆立てて、グリおじさんが叫び続けている。その傍らには力なく項垂《うなだ》れ、シッポも垂れ下がって身を寄せ合っている双子の魔狼《ルーとフィー》。

三匹共に、普段からは考えられない姿だ。

グリおじさんの周囲には時々小さな雷が弾《はじ》け、旋風が舞う。双子の周囲の地面は凍《こお》り、焦《こ》げ、互いに打ち消し合って奇妙な斑模様《まだらもよう》となりながら白煙を上げていた。

望郷のメンバーはここまで混乱している三匹の姿を見たことがない。

一か月ほど前に起こったロアの誘拐事件。あの時も双子は慌てていたようだが、ここまで混乱はしていなかった。

「おい！　やめ……」

ディートリヒは声を掛けようとして、止まる。声を上げた途端、向けられたグリおじさんの目に恐怖を感じたからだ。

望郷のメンバーも、誰も動けなくなる。グリおじさんを慕っている、ベルンハルトすら。

その瞳に宿っているのは怒り。

全てを嫌悪《けんお》し、全てを敵として見ている光のない目。殺気と呼ぶことすら生易しい気迫が込められ、見られただけで全身が凍ったように動かなくなった。

最低最悪の魔獣と言われ、悪意の塊とまで呼ばれた魔獣、グリフォン。凶悪な魔獣の本性を、グリおじさんに対して初めて感じた。

コルネリア、クリストフ、ベルンハルトの三人は恐怖から足がすくみ、全身が震え出し、耐え切れずに崩れ落ちる。目を逸らしてしまいたいのに、そうした瞬間に起こることを考えて恐怖で視線を動かせない。瞬きすらできない。目からは涙が溢れ出し、口からは泡を噴きそうになる。全身から血の気が引き、青を通り越して真っ白だ。

彼らとて、優秀な冒険者だ。凶暴な魔獣に殺意を向けられたことは何度となくある。

だが、今、グリおじさんが向けて来るものは桁外《けたはず》れに強く、無様《ぶざま》に殺される末路《まつろ》しかないと感じさせるものだった。

今までもグリおじさんを怖いと思ったことはあったが、そんなものは子供騙しだった。優しく見守られていただけだったと、瞬時に悟《さと》った。

……そんな中、ディートリヒだけは真っ直ぐに立ち、グリおじさんを見つめていた。

「………………」

言いようのない恐怖を感じているのは、他の三人と変わりない。その証拠に、身体が震え始める。

ディートリヒは血が滲《にじ》みそうなほど拳《こぶし》を固く握り締め、震えを抑え込む。

恐怖を感じてもなおディートリヒが立って耐えられているのは、別の感情が湧き上がって来たからだ。ロアがいないだけで、性悪グリフォンはここまで変わるのかと、ディートリヒは考えた。

そして、次第に苛立《いらだ》ち、怒りが湧き上がって来た。

「……」

ディートリヒは無言で一歩踏み出す。

他の三人がそれを感じて驚き、血の気の失《う》せた顔でディートリヒの方を見たが、止めることはできない。自分たちでは止められないと分かるほど、ディートリヒが怒っているのに気付いたから。

グリおじさんも恐ろしいが、今のディートリヒも恐ろしい。

さらに、ディートリヒは歩き続ける。

次第にその歩みは強まっていき、ついには駆け出した。

その間も、ディートリヒの視線はグリおじさんの目から外れない。威圧するように真っ直ぐに睨《にら》みつけていた。

グリおじさんは動かない。ディートリヒが駆け出した意図を理解できていないのか、何かをできるはずがないと見下しているのか。

そして。

「ガキに依存《いぞん》するなよ！　このバカがッ!!」

駆けた勢いと、体重を乗せた一発。

ディートリヒは、グリおじさんの頬に向かって殴りつけた。

周囲に舞う旋風《せんぷう》で、ディートリヒの服と皮膚《ひふ》が裂ける。ディートリヒに頬を殴られ、グリおじさんの頭は少しだけ揺れた。

「あんたは、オレたちの何倍も生きてるんだろう!!　立派な大人だろうが!!　ロアに依存して、ロアがいなくなったら取り乱して暴れて！　みっともないと思わねーのかよ！　ロアに重荷を背負わせてんじゃねーぞ！」

吠えるように叫ぶ。

グリおじさんの周囲に弾けていた雷が皮膚を焼いたが、そんなことは気にせずにもう一度拳を振り被《かぶ》る。そして、全力でまたグリおじさんを殴った。

グリおじさんの頭はまたわずかに揺れるだけで、逆に殴ったディートリヒの拳から血が噴き出した。

「ロアはてめーの母親じゃないんだよ！　姿が見えないからって、赤ん坊みたいに癇癪《かんしゃく》を起こしてんじゃねぇ！　大人なら、暴れる前にできることを考えろ、大バカが！　頭を冷やせ!!」

ガンガンガンと、連続で殴りつける。その度にディートリヒの拳が傷付き、血が飛び散る。

どんなに殴ってもグリおじさんには傷一つ付かない。柔らかに見える羽毛なのに、石を殴っているようだ。

ただ、ディートリヒの流した血が、グリおじさんの鷲頭《わしあたま》を赤く染めていくだけだ。

いつの間にか、グリおじさんの周囲から、雷も風も消えていた。獣毛羽毛も、もう、逆立ってはいない。

殴られながらも、ゆっくりと、グリおじさんは目を閉じる。

〈……………ふっ……ふふふ……ふはははははっ！〉

響き始める笑い声。それを聞いて、ディートリヒは殴るのをやめた。再び開いたグリおじさんの目は、普段の光を取り戻していた。

〈ふははは！　我を殴る者が小僧以外にいるとはな！　しかも、バカバカと好き勝手言いおって。バカと言うやつがバカなのだぞ？　バカ寝坊助《ねぼすけ》！〉

「はあ？」

まるで何事もなかったかのようにいつもの調子で語るグリおじさんに、ディートリヒは拍子抜《ひょうしぬ》けして間の抜けた声を上げた。

〈偉そうに我に説教か。依存しているのは貴様の方であろう？　いつも小僧に飯と寝床を集《たか》っておるではないか〉

「あ、いや、それはだな……」

ペルデュ王国にいた時は、ロアの家に居ついて食事も食べさせてもらっていた。一応事情もあるものの、グリおじさんの言うことは事実だ。

ディートリヒは否定もできず、言い淀んだ。

〈まあ、少しは痛かったぞ。偉大な我に痛みを感じさせるとは、貴様のような小物には快挙だな！　誇《ほこ》っても良いぞ〉

グリおじさんは嘴を器用に歪めて、笑みを浮かべた。

その言葉は、なぜかディートリヒには「ありがとう」と言っているように聞こえたのだった。

「あら、ディートリヒ《ボクちゃん》が収めてくれたのね。丸焼きにせずに済んだわ」

向かい合うディートリヒとグリおじさんの頭上から声が掛かる。

突然のことにディートリヒは再び拳を構え、グリおじさんは未だに混乱したままの双子を翼の下へと隠した。

一人と一匹が思わず身構えてしまう、聞き慣れた声。

頭上の声の方向に視線を向けると、そこにいたのはスカーレット女王だった。魔法で宙に浮き、高い位置から見下ろしている。

グリおじさんのせいで見慣れている宙に浮く魔法だが、これができる魔術師は一握り。継続的に宙に浮き続けるには膨大な魔力が必要になり、並の魔術師では魔力切れで落下することになる。上空で姿勢を保つことは難しく、一時的に高く飛び上がったり落下を緩やかにしたりするだけでも上級者として扱われていた。

それを当然のように扱う女王は、間違いなく比類ない大魔術師だろう。

スカーレット女王は、魔術師ギルドの元締めである。そのことは隠されている……というか、魔術師ギルド自体が一般に存在を知られていない。傍若無人《ぼうじゃくぶじん》奇人変人が多い魔術師たちを取りまとめている存在なのだから、それらを抑え付けられるだけの飛び抜けた実力を持っているのは当然だった。

「……スカートの中が見えるぞ。下着くらい穿《は》きやがれ！」

〈…………我を簡単に焼こうとするな!!〉

気配さえ感じさせない女王の登場に一瞬呆然とした後、一人と一匹は同時に話し始めた。どちらも嫌悪感たっぷりの態度だ。

そんな一人と一匹を空中から見下ろしながら、女王は楽しげに笑みを浮かべた。

「ボクちゃん、無茶をするわね。面の皮の厚いグリおじさんを、素手で殴るなんて。こんなに血が流れて……指の骨も折れてるでしょう？　なんて……勿体ない……」

女王は皮膚が裂け血が噴き出しているディートリヒの拳を煽情的《せんじょうてき》な目で凝視《ぎょうし》する。上気した頬を緩めてホウと息を吐き、ゆっくりと真紅の唇に舌を這わせた。

そんな女王の視線に過去の記憶がよみがえったのであろうディートリヒは顔色を青くさせると、女王に背を向けて血塗《ちまみ》れの拳を身体の陰に隠した。

〈貴様らの変態趣味はどうでもいい！〉

そんな中、女王の行動など相手にせずにグリおじさんが叫ぶ。翼の下に双子《ルーとフィー》の魔狼を匿《かくま》っていなければ、女王に飛びかかりそうな勢いだった。

〈貴様なら、小僧の行方《ゆくえ》を知っているのではないか⁉　いや、貴様の仕業《しわざ》か‼〉

グリおじさんが鋭《するど》い疑いの目を向けるも、女王は煽情的な笑みは崩さない。ただ、少し気怠《けだる》そうに視線をグリおじさんに向けただけだ。

「あら、言いがかりはやめて欲しいわ。……でも……そうね、行方は分かるかもしれないわ」

〈なにっ！　どこだ!!〉

「どこも何も、こんなに手掛かりがあるのに……。余裕がなくなると無能になり下がる癖は変わってないのね。まったく成長してないわ」

〈うるさい！　どこだ!?　どこに行った？　今すぐ言え！〉

またグリおじさんの感情が乱れ、雷の魔法が周囲で弾け始める。突風が吹き、校舎の瓦礫から立ち上っていた砂埃《すなぼこり》を掻き乱した。

だが、女王はやはり動かない。彼女のゆったりとしたドレスの裾《すそ》が風に舞い、空中に浮かぶ大輪《たいりん》の花のように見えた。

「ひとつ。ロアくんが消えた瞬間に、私もグリおじさんも気付けなかった」

女王は真紅の唇の前に、白く細い指を一本立てた。

「私は長い年月をかけて王都に魔法の網《あみ》を張ってきたわ。不穏な動きに、気付けないはずがないのよ。グリおじさんも極端なくらい気を遣ってロアくんを見張っていたわよね？　普通なら、私と貴方が見失うなんてあり得ないはずよ」

〈……〉

グリおじさんは大人しく女王の声に耳を傾ける。

「ひとつ。ロアくんの痕跡すら見つからない。これもあり得ないわ。たとえ行き先が分からなくなったとしても、移動した痕跡くらいは見つけられるはずよ？　消失したと思えるくらい、何もないなんて、あり得ないわ」

〈…………〉

女王は二本目の指を立てながら、諭《さと》すように言う。グリおじさんは思い当たることがあるのか、そっと目を閉じて考えた。

「ひとつ。グリおじさんがそこまで慌てているってことは、ずっと監視しているはずのヴァルくんや、覗き見常習犯のピョンちゃんとも連絡が付かないいんじゃないかしら？　従魔同士の魔力回廊経由の繋がりすら切られているなら、そんなことができる存在は限られているわ」

女王は三本目の指を立てた。

ヴァルは姿を隠して付き従い、ずっとロアの護衛をしていた魔道石像《ガーゴイル》だ。そして、ピョンちゃんは、魔力回廊を通じてロアたちの行動を覗き見していた翼兎《ウイングラビット》である。

そのどちらとも連絡は付かず、ロアを経由して繋がっているはずの魔力回廊すら断ち切られているようだった。

「ひとつ。ロアくんは一か月ほど前にアダドと関わりを持ってしまった。ほら、手掛かりはここまで揃っているじゃない？　そこに、ロアくんを誘拐しそうな理由のある相手って限定したら、もう答えは見えているようなものでしょう？」

四本目の指を立てて、女王はそれを振って見せた。

グリおじさんはしばらく考えた後、嘴を開いた。

〈……アダドの妖精王か……〉

「妖精王？」

グリおじさんの呟きに反応したのはディートリヒだ。

いつの間にかディートリヒの周囲を望郷のメンバーが取り囲んでいて、彼の血に塗れた拳を治《ち》療《りょう》していた。いつもなら軽口くらいは出ている状況だが、女王がいることと、そして先ほどまでのグリおじさんの恐ろしい姿に萎縮《いしゅく》したことで、言葉を発する余裕すらないようだった。

「アダドのほぼ全体を縄張りにしている妖精だから、妖精王と呼ばれているのよ。まあ、誘拐したのがあの子なら、ロアくんの安全は保障されているわ」

女王は宙から舞い降りると、望郷のメンバーを押し退《の》け、ディートリヒを背中から抱くように身を寄せる。ディートリヒは深く眉間《みけん》に皺《しわ》を刻《きざ》んで嫌悪を示したものの、振り払いまではしなかった。

〈妖精は本能で記憶と空間を司《つかさど》る魔法を使う。普通の妖精であれば自分の姿を隠す程度しかできぬが、妖精王となると他者を別の空間に隠して現世《うつしよ》から切り離したり、妖精の抜け穴という魔法で遠方へと瞬時に移動させられると言う……〉

「目印になる物が必要らしいわよ。最近ロアくんの周りに不自然な物はなかった？　配下の妖精を使ってロアくんの持ち物に紛れさせてると思うんだけど……」

グリおじさんの言葉を、女王が補足する。

グリおじさんは不自然な物と言われて、最近ロアが持ち歩いていた本を思い浮かべた。ロアの持ち物にしては珍しくしっかりとした装丁がされた物だ。ロア本人も、いつ買ったか覚えのない本だと言っていた。

〈妖精王の魔法で隠して移動されたのなら、我であっても気付くことはできない。あやつの縄張りはアダド。……しかも、あやつは皇帝の居城の地下にある、アダド地下大迷宮《グレートダンジョン》の迷宮主《ダンジョンマスター》でもある。小僧のことを知る機会はいくらでもあるであろう……〉

「そうね。それにあの子は特にお手伝い妖精の気質が強いから、主《あるじ》にするために優秀な錬金術師のロアくんを誘拐してもおかしくないわ。私が安全が保障されてるって言ったのは、それが理由よ」

「……」

伝聞《でんぶん》として語るグリおじさんに対して、女王はまるで知り合いであるかのように話している。そのことに気付いて、ディートリヒは背中に纏わり付いている女王に、肩越しに疑いの目を向けた。

「……まさか、また、てめぇの仕込みじゃないだろうな？」

思わず頭によぎった疑問を、ディートリヒはぶつけた。

前回のアダドのネレウス王都襲撃とロアの誘拐事件も、結局のところ女王の仕込みだった可能性が高い。女王が認めたわけではないが、ほぼ確定である。そうなれば、今回も疑わしく思ってしまうのは仕方がないことだろう。

「あら、ボクちゃんまで私に言いがかりをつけるの？　悲しいわ！」

そう言ってディートリヒの背中にしな垂れかかる女王は、まったく悲しそうには見えなかった。むしろ楽しそうだ。

「それに、二連続で誘拐なんて芸のないこと、私はしないわ。二番煎《にばんせん》じは面白くないもの」

「……」

誘拐の手引きなんてしないと言わないあたりが、質《たち》が悪い。自分と会話していることで上機嫌な女王を見て、これ以上相手にしては向こうの思う壺《つぼ》だとばかりに、ディートリヒは会話をやめた。

女王はディートリヒよりも立場も実力も上だ。問いただしても本人に答える気がなければ聞き出すことは不可能だ。むしろ遊ばれる未来しか見えない。

「………まあ、何にせよ、ロアの安全が保障されてて、連れ去った相手と行き先が分かってるなら、解決だな。そこに殴り込みに行けばいいんだろう？」

ディートリヒは治療してもらったばかりの拳を掲《かか》げ、殴るような動作をして見せた。

ディートリヒの拳には、ハンカチを裂いて作った包帯が巻かれ血が滲んでいた。ディートリヒも含め、今日の望郷のメンバーはいつもの服装ではない。冒険者姿なら十分な量を持ち歩いている魔法薬も、最低限しか持っていなかった。

そのため、折れた拳の骨の治療を優先させて、裂けた皮膚の治療は不完全になってしまっている。

〈物事は寝坊助の頭のように単純ではない。本当に小僧が妖精王の所に連れて行かれたなら、我がいかに偉大な魔獣であっても、そう易々《やすやす》とは手が出せぬ〉

グリおじさんは、悔しそうに口元を歪めるとディートリヒから目を逸らした。

「何だ、あんたらしくない。弱気だな？　このまま飛んで行って、襲撃すると思ってたぞ？」

いつものグリおじさんであったなら速攻で相手に襲撃を仕掛け、ロアを取り戻しているところだ。相手が後悔するまで弄《もてあそ》んで涙ながらに謝罪するまで追い詰めてから、さらにどん底に叩き落とすくらいはする。

〈単純ではないと言っているだろう。妖精王の住処《すみか》であるアダド地下大迷宮《グレートダンジョン》は、太古から歴代の妖精王によって引き継がれてきた場所だ。古代遺跡特有の堅固《けんご》さを持ち、我の全力でも壁に穴を開けられるかすら怪しい。しかも、中は魔法で空間が歪んでおる。そうだな……〉

そこまで言うと、グリおじさんは思案《しあん》するように視線を宙に這わせた。

〈……貴様の足りない頭でも理解できるように説明するなら……ダンジョン全体が魔法の鞄《マジックバッグ》のような物だと考えればいい。あれもまた、横穴を開けたからといって中の物は取り出せぬであろう？まあ、魔法の鞄《マジックバッグ》は機能を失うほど破壊すれば、中の物を吐き出すようになってはおるがな〉

魔法の鞄《マジックバッグ》は本来、鞄《かばん》の口以外からは物の出し入れが不可能だ。どんなにボロボロになって布地に穴が開いていたとしても、中の物が零《こぼ》れ落ちたりすることはない。

破損が酷く魔法の鞄《マジックバッグ》としての機能を失うほどになれば中身を吐き出すが、それはあくまで中に入れた物の消失を防ぐために付けられた安全機能に過ぎない。本来は鞄の口からの出し入れという、正当な手段以外は受け付けないのだ。

「そうなのか？」

そこまでグリおじさんに説明されれば、ディートリヒであってもそれ以外に手段はないと、何となくだが理解した。

「でも、正当な手段とやらなら問題ないんだろう？」

「大ありよねー」

ディートリヒの楽観的な言葉を受けたのは、女王だった。

「何でだよ？」

「その正当な手段というのが、冒険者ギルドに所属している冒険者が、アダド地下大迷宮《グレートダンジョン》に入場申請をして入り口から入るってものだからよ」

「何が問題なんだ？　オレたちが行けばいいんだろう？」

ディートリヒは不思議そうに返す。ディートリヒたちは冒険者ギルドに所属している冒険者でもある。しかもAランクで、ランク制限がある場所でも問題なく出入りできる。

十分過ぎるくらい、その資格はあった。

「まず、アダド地下大迷宮《グレートダンジョン》は歴史上一度たりとも踏破《とうは》されていないわ。ロアくんがいるとしたら迷宮主《ダンジョンマスター》がいる最奥《さいおう》でしょうし、入り口からそこまで辿り着くのは不可能に近いわね。グリおじさんも失敗してたわよね？」

〈あれは同行した者が悪いのだ！　我単独であれば踏破できた!!〉

グリおじさんは吠えるように叫ぶが、女王と視線を合わせようとしないので、どこまで本気で言っているのかは分からない。

「それから、アダドの中心部に行くのよ？　ボクちゃんは自分が何者なのか分かっていないのかしら？」

「あっ！」

ディートリヒは腐《くさ》りまくっていてもネレウスの王子である。

先の事件でアダド帝国のネレウス王国に対しての敵対意識は増しているはずで、そう易々と入国を許してもらえるとは思えなかった。それはネレウス貴族や宮廷魔術師である望郷のメンバー全員が同じである。

たとえ単なる冒険者として入国しようとしても、見破られる可能性は高い。他国と違ってネレウスを警戒しているアダドでは、望郷がネレウスの王子が率《ひき》いるパーティーであることは知られているだろう。

入国を断られたなら、迷宮攻略《こうりゃく》以前の問題になる。

「あと、主人の冒険者と一緒に行動してない従魔はアダド地下大迷宮《グレートダンジョン》に入れないのだけど、誰がグリおじさんの主人の役をするつもりかしら？」

「はい？」

最後に出てきたのが、一番の難問だった。

〈我は小僧以外の主など、二度と認めぬぞ!!〉

グリおじさんが、間髪容《かんはつい》れずに声高らかに宣言したのだから。

第三十八話　仮の姿の愚者《ぐしゃ》たち

ネレウス王国のヴィルドシュヴァイン侯爵領では、一人の男が鍬《くわ》で畑を耕《たがや》していた。

男が鍬を振るう度《たび》に、パスっと心地好い音が響く。小石一つない、作物を育てるに適した養分を含んだ柔らかい土の証拠だ。男は黙々と畑に鍬を突き立て、土を反《かえ》す作業を続けていく。

空は晴れているが、日差しは柔らかだった。

身体を動かして額《ひたい》に汗は浮かんでいるものの、暑さは感じない。吹いている風が適度に身体を冷やしてくれていた。

彼が聞いた話では、耕し終わった畑には冬の野菜を植えるのだという。もう冬の準備をする時期なのかと考えて、少しだけ切ない気持ちになった。

彼の名はダース。

かつてはアダド帝国の第三皇子のダウワースと名乗っていたが、今はただの平民のダースだ。彼は腹違いの兄であるアダド第二皇子の策略によって欺《あざむ》かれ、死亡したことにされてしまっている。

それを知った時は絶望し、自らの愚《おろ》かさを悔やんだ。

だが今は……。

ダースは手を止めると、自分が耕した畑を見つめる。ひと鍬ひと鍬、丁寧に耕した畑は、彼の視界に収まらないくらいの広さになっている。

元々彼は、与えられた役割を愚直《ぐちょく》にこなす性格だ。皇子時代も求められる役割をこなしていた。

農民として生きる以外の手段がないなら、迷いなく農業をやれるだけの気質を持っている。

小さな単純な作業の繰り返しで大きな成果を上げられ、視覚的に確認できたのが良かったのだろう。充足感から、畑を見つめる彼の表情は柔らかいものとなっていた。

狂皇子《きょうおうじ》とまで呼ばれていた、以前の面影《おもかげ》はもうない。日に焼けた肌。土に汚れた全身。それなのに、表情は輝いている。

今の彼は、誰がどう見てもただの農民だった。

ダースがこの街の救護施設に保護されて、すでに数週間が過ぎている。

食事を与《あた》えられ、見苦しくない程度に身なりを整えられ、外に出しても問題ない状態になってから、彼には仕事が与えられた。

それが今やっている農作業だ。

仕事はいくつかの候補の中から選べたのだが、ダースは率先《そっせん》して農作業を選んだ。

彼は事務仕事も得意だ。なにせ高度な教育を受けて書類処理が多い「皇子」などという仕事もやっていたのだから間違いない。

それでも肉体的に楽な事務作業より農作業を選んだのは、とある話を聞いたからだった。

「ダース殿！　今日も精が出るな!!」

「あ、イヴ殿！」

不意に声を掛けられ、ダースは額の汗を服の袖《そで》で拭《ぬぐ》うと、畑沿いの道へと駆け寄った。

ダースが農作業を選んだ理由。

それは、今声を掛けて来た相手が、この畑の脇を頻繁《ひんぱん》に通るという話を聞いたからだった。

なんでも彼女の家から仕事場である侯爵の屋敷、騎士たちの訓練場、そして彼女の妹が勤《つと》めている学校が離れた場所に存在していて、どこへ移動するにもこの道を使うらしい。

彼女……そう、声を掛けて来た相手は女性だ。

馬に乗った女性騎士。名を、イヴという。

イヴは街でダースを助け、救護施設まで連れて行ってくれた相手だった。

それ以降も何かと気にかけてくれ、見かけたら声を掛けてくれる。自分が助けた相手だという責任感からの行動なのだろうが、それでもダースは嬉しかった。

他人に助けられたことでダースが変わったとすれば、最大の功労者は彼女だろう。

イヴは馬から降りると、子犬のように駆け寄って来るダースに向かって笑いかけた。

ダースも彼女に笑みを返す。

ダースの顔は髭だらけである。彼の髭はこの街までの旅の間に伸び放題になっていたが、それをそのまま残していた。彼にとって、この髭は戒《いまし》めだ。

アダドの三皇子は三人共に顔がそっくりで髭で見分けが付くようにしていたが、顔全体の髭を伸ばしていたのは第二皇子だった。つまり、今の彼は、彼自身を欺いた第二皇子そっくりだ。

彼は何かに映るその顔を見る度に、愚かだった昔の自分を思い出して戒めとしているのだった。

そんな髭に隠されてよく分からないが、イヴに笑顔を向けられた瞬間に彼の頬が赤く染まったようだった。

「お仕事、ご苦労様です！」

「もう……敬語はやめてくれと言っているだろう？」

勢い良く頭を下げるダースを見て、狂皇子と今の彼を同一人物だと思う人間はいないだろう。

「しかし……私は貴殿《きでん》に助けられて……」

「役目を果たしただけだよ。感謝の気持ちは、人を助ける制度と施設を作った領主様に向けてくれ。私は……そうだな、友人として扱ってもらえると嬉しいな」

「友人……」

ダースは嬉しいような悲しいような、複雑な表情を作った。

「で、では！　その、友人だと言ってくれるなら……その、名を！　ダース殿などと呼ばず、ダースと呼んでくれないか!!」

拳を握り締め、ダースは思い詰めた表情で叫ぶ。

「ああ、そうだな。友人なら、敬称など付けず呼び捨てで名を呼び合うべきか。ダース、では私もイヴと……」

「イヴ！」

イヴが言い切らないうちに、ダースは叫んだ。

嬉しさから思わず言ってしまったのだろう。ダースは彼女の名を叫んでから、しまったと狼狽《うろた》える。

「……な、何だ？」

突然名を呼ばれ、イヴは少し戸惑う。だが、悪い気はしなかったのか、彼女は口元を緩めた。

「いや、その、呼んでみたかっただけだ。他意はない……」

恥ずかしげに視線を逸らすダース。もう覆っている髭で隠せないほどに、彼の頬は赤く染まっていた。

……ちなみに、農作業は何もダース一人でやっているわけではない。広い畑を分担して、作業を進めている。

畑の持ち主やその家族や近所の人たち、救護施設に保護された他の者たちも、農作業をしている。

彼らは離れた場所で作業を進めながらこの様子を横目で眺めていた。

誰もダースが作業の手を止めていることを咎めたりはしない。

なにせ、イヴがよく通る道沿いの畑をダースに割り当てるようにしたのも彼らだ。むしろ気付いていないフリをしながら、口元をニヤニヤと緩ませていた。

辺り一面の畑に、微妙ながらも温かい雰囲気が満ちる。

照れまくるダースとは対照的に、イヴの方にその気はなさそうなのが気になるが、成り行きに任せるしかないだろうと、彼らは騒ぎ立てることもせずに見守っていたのだった。

「…………!!」

「……!」

その温かい空間に、割り込んで来る乱入者たちがあった。何か大声で言い争っているようだが、まだかなり離れていてよく聞き取れない。

畑にいた者たちが気付いてそちらに視線を向けると、驚いた表情を見せて固まった。視線の先には遠方から近づいて来る数人の人影と、それと並んで歩いている獣の姿があった。

「……ダークパンサー!? いや、シャドウストーカーか!!?」

誰かの呟きで空気が凍り、皆が恐怖に顔を引き攣らせる。

闇豹《ダークパンサー》は漆黒《しっこく》の毛皮で闇に紛《まぎ》れて狩りをするネコ科の動物だ。だが、影の追跡者《シャドウストーカー》はそれと比べ物にならないくらいの脅威《きょうい》となる魔獣だった。

影の追跡者《シャドウストーカー》の外見は黒い豹《ひょう》そのもので、闇豹《ダークパンサー》に似ているが数倍は大きい。しかも、闇の魔法を使う。

闇豹《ダークパンサー》であれば所詮は動物。闇に紛れる性質は厄介だが、見つけることができれば倒せないことはない。

だが、影の追跡者《シャドウストーカー》は魔獣だけあって別格だ。魔獣狩りに慣れた優秀な冒険者でも返り討ちに遭うこともある。

「いや、あれは従魔だ！　冒険者と並んで歩いているし、首輪をしてるぞ！」

先ほどの呟きから間を置かずに、目ざとい者が叫んだ。その言葉で、凍り付いた空気が一気に緩んだ。冒険者の従魔であれば、危険はない。そう、皆が思って安堵《あんど》の息を吐いた。

冒険者ギルドの従属の首輪は信頼されている。どんな魔獣であっても、あれを着けているなら安心だ。襲い掛かって来るどころか、冒険者の指示なしに行動することもできない。

ただ近づくのは勘弁して欲しい。襲われるようなことはないと分かっていても、凶悪な魔獣はやはり恐怖の対象でしかない。遠巻きに見ているだけなら、良い見世物《みせもの》なのだろうが。

「…………だから、何であんな離れた森の中に降りたんだよ？　どうせヴァルの偽装で隠せるんだから、見られたって、あんたの魔法で飛んで来たなんて分からないだろ？　もっと近くで良かったじゃないか」

次第に影の追跡者《シャドウストーカー》を連れた冒険者パーティーの話し声が、聞き取れるようになってきた。

冒険者パーティーは、四人組だった。そして、連れている従魔は三匹。

「リ……ベアヒェン！　大声で話さないで……じゃなくて、話すな！　周りに人がいるんだ！」

先頭を歩いているのは、剣士姿の小柄な青年だ。

高めの声でどこか女性的な雰囲気があるものの、歩く姿は力強く、腰に提げている高価そうな剣に相応しい実力を持っていそうだ。

「そうだぞ、リー……じゃなくて、ベアヒェン。従魔に必死になって話しかけてるとか、頭がおかしいと思われるぞ」

瘦躯《そうく》の男が声を上げる。

整った顔立ちだがどこか胡散臭《うさんくさ》い雰囲気があり、詐欺師《さぎし》や盗賊《とうぞく》だと言われれば納得してしまう見た目をしていた。

「あ、いや、スマン。そういや、何だか周りから注目されてるみたいだな」

二人から声を掛けられ謝っているのがベアヒェンなのだろう。怪しげな集団の中でも一際異様だ。

彼は長身で、禍々《まがまが》しさすら感じる黒い全身鎧《プレートアーマー》を着ていた。平和な街中で完全武装で兜《かぶと》までしっかり被っており、顔が分からない。辛《かろ》うじて身体つきと声から壮年《そうねん》の男だと分かる程度だ。

「……」

残りの一人は、魔術師だ。

長いフード付きの魔術師のローブですっぽりと全身を隠しており、視線を他の者たちに向けただけで声すら発さない。瘦躯の男と同じくらいの身長だが、こちらは性別すらも分からなかった。

影の追跡者《シャドウストーカー》は、彼らの横に付き従うように歩いている。どこか不満げにも見えるが、魔獣の表情など見分けが付かないので気のせいだろう。

どの者の従魔なのかは分からないが、こんな凶悪な魔獣を従えているのならば相当な実力者なのは間違いない。

しかも影の追跡者《シャドウストーカー》の子供なのか、二匹の子豹も一緒だ。

ダースとイヴも含め、畑の周りにいた者たちの視線が集中する。

冒険者パーティーは何かをやらかしそうな、異質な雰囲気を放っていた。


周囲の視線が奇妙な冒険者パーティーに集まっている。その視線に気付いたのか、彼らは足を止めて周囲の人々を見渡した。

「なあ、ヴァルのアレは完璧《かんぺき》なんだよな？」

こちらに注目している者たちに聞こえないよう、ベアヒェンと呼ばれていた黒い全身鎧の男が小声で呟いた。

〈もちろんだ。ヴァルの偽装は完璧だぞ。貴様の目に映っている通りだ〉

男の呟きに声が返って来る。傲慢《ごうまん》な声色のそれは、冒険者パーティーにしか聞こえない特殊な声だった。

「……なら何で、こんなに注目されてるんだよ？」

〈寝坊助の頭の悪そうな黒鎧《くろよろい》のせいであろう〉

「オレだって、こんなジジイが倉庫にしまいっ放しにしてたカビ臭い鎧なんか着たくねーよ!!　それなのに……」

「リ……ベアヒェン!!　だから声が大きいって!!」

黒鎧が声を荒らげたのに気付いた青年剣士が、慌てて口を挟んだ。必死に身振りで声を抑えるように示すものの、憤慨《ふんがい》した黒鎧は止まらない。

「その子熊《ベアヒェン》ちゃんって名前!!　それも納得いかねぇ!!」

さらに黒鎧が叫んだことで、冒険者パーティーはますます疑わしい目で注目されてしまったのだった。

この冒険者パーティー、実は見た目通りの者たちではない。

正体は、ディートリヒをはじめとした望郷のメンバーと、グリおじさんと双子の魔狼《ルーとフィー》だ。

魔道石像《ガーゴイル》のヴァルの幻惑魔法によって、見た目を別の人間や魔獣の姿に変えて見せているのである。

ロアが王都から消えたあの日……。

グリおじさんと女王は、状況からロアを誘拐した犯人をアダド地下大迷宮《グレートダンジョン》の妖精王であると推測した。

しかし、絶対だと言い切れるだけの証拠があるわけではなく、時間を無駄にしないためにも確証

を得てから動きたい。いくらロアの身の安全は保障されているだろうと言っても、無駄足は踏めない。

そのため、確証を得ようとさらに調査を進めることになった。

その調査の過程で、グリおじさんと女王は、遠くまで飛ばされ破損しているヴァルを発見した。

ヴァルは元々壊れた魔道石像《ガーゴイル》を、グリおじさんが修理して作り替えた物だ。致命的なほど壊れていなければ、修復も容易《たやす》い。

ヴァルがロアが誘拐された真相を知っていると考えたグリおじさんは、大至急で修復を行った。

そして治ったヴァルにロアがいなくなった時の状況を問いただしたところ、高位の妖精の攻撃を受けたことを証言した。

状況証拠と証言まで得られたのだから、もう確定と言って良いだろう。犯人はアダド地下大迷宮《グレートダンジョン》の妖精王と断定された。

そうとなれば、今度はどうやって地下大迷宮《グレートダンジョン》まで行くかという話になる。

常にネレウスを警戒しているアダドには、王子であるディートリヒを筆頭に望郷のメンバー全員が素性《すじょう》を知られている可能性が高い。

だからといって、ロアの救出を他人任せにするわけにはいかない。望郷のメンバーも参加したいし、何よりグリおじさんと双子がそんなことを絶対に許すはずがなかった。

色々と検討したものの、結局は身分を偽《いつわ》るのが手っ取り早いという話になった。幸いにも、外見はヴァルの幻惑魔法で偽装できる。

地下大迷宮《グレートダンジョン》に入るには冒険者の身分が必要だが、別人を装《よそお》って活動できないわけではない。

この世界では、全ての住人にちゃんとした戸籍《こせき》がある国の方が少ない。冒険者ギルドのギルド証は管理されているが、戸籍が曖昧なのだから根本的な部分で穴がある。

ギルド証の偽造および二重取得は、資格取り消しとギルド独自の制裁《せいさい》の対象となるが、それさえ気にしなければ不可能ではなかった。

さらに女王は権力と伝手《つて》を利用して、冒険者ギルドの正式な偽のギルド証という、何とも怪しげな物を準備してしまったのである。

ただ、女王の権力と伝手でも時間が必要だったらしく、手元に届くまで数週間かかってしまったのだが……。

しかし、その数週間も無駄な時間だったというわけではない。アダド地下大迷宮《グレートダンジョン》と、妖精王の情報の収集に充てることができた。

何より、ロアがいなくなったことで落ち込んでいた双子の魔狼《ルーとフィー》が立ち直るまで時間が必要だった。

双子はロアがいなくなったことで酷く落ち込んでいた。数日の間は言葉も発さず、食事もとらなかった。ディートリヒが慰《なぐさ》めの言葉を掛けても、唸《うな》り声を上げて威嚇して来る始末だった。

唯一、近づくのを許されていたグリおじさんがじっくり時間をかけて言い聞かせ、何とか普通に行動できる程度には復活したのだった。

今もロアを助けるためだからとついて来ているが、思い詰めている雰囲気があり、いつもの元気はない。

こうしてどうにか準備が整ったのだが、そこでまた問題が発生した……。

「……リーダーはまだいいじゃない。私なんて……」

青年剣士が、近くにいる者にしか聞こえない程度の小声で呟く。この青年剣士の正体はコルネリアだ。要するにコルネリアは身分や名だけでなく、性別まで偽ることになってしまっていた。

これは女王が偽の正式なギルド証を作るにあたり、ちょっとした茶目《ちゃめ》っ気《け》を発揮してしまったせいだ。彼女は自分の趣味を優先し、望郷のメンバーに嫌がらせとしか思えない偽の経歴を準備したのだった。

そのギルド証を見て当然ながら全員が怒ったが、それを身分証として利用しない限りはアダドへの入国はすんなりいかないだろう。仕方なしに受け入れ、使うしかなかった。

今のコルネリアは、コルネリウスという青年剣士ということになっている。幻惑魔法の偽装も装備も、それに合わせて変更されていた。

一応、偽装パーティーのリーダーということになっている。

「……自分なんて……」

ベルンハルトは、ブリュンヒルトという女魔術師だ。女性にしては長身であるため、誰が見ても女性だと分かりやすいメリハリのある体形にされてしまった。

おかげで恥ずかしさに耐え切れず、彼はローブで頭から全身をすっぽり覆って必死に隠している。

この外見の設定をしたのは、現状唯一ヴァルに命令を下せるグリおじさんであり、女王と同じく悪ノリをして作ったものだ。グリおじさんを崇拝《すうはい》しているベルンハルトは、不満を持ちながらも逆らうことはできない。

「いや、オレの方が最悪だろう？　ジジイの隠し子設定だぞ？　それに何でオレだけ、幻惑魔法じゃなくて鎧で隠さなきゃいけねーんだよ？」

他の者たちは元の名前の響きに近い名前になっているが、ディートリヒだけはなぜか子熊《ベアヒェン》ちゃんという可愛らしい名前になっていた。体格的に女性にするのは不可能なため、女王が苦肉の策で考え出した嫌がらせなのだろう。

さらになぜかヴァルの魔力の節約という本当かどうか分からない理由で、幻惑魔法による偽装もしていない。

その代わりに、剣聖ゲルトが昔使っていた黒い全身鎧を兜までしっかり身に着けて、常に顔を隠すように女王に厳命されていた。

もちろん、そんな女王の理不尽な命令などに従う必要はない。だが、外見の偽装を担当しているグリおじさんがその話に乗らないはずもなく、ディートリヒには幻惑魔法を使わないと宣言してしまったために、渋々ながら鎧を着るしかないのだった。

ちなみに、剣聖の隠し子というのは、ずっと鎧を身に着けている理由を聞かれた時のための設定だ。

ネレウス王国では、過去に剣聖への憧れから黒鎧を身に着けて、隠し子を名乗る者が出没していたらしい。そのおかげで、鎧を常に着込んでいても、剣聖の隠し子だと言えば「また剣聖の隠し子かよ」と言われて苦笑と共に許されてしまうようになっていた。

いわば、憧れの人の子供になり切っている、痛い人の扱いである。これは隣国のアダドでも有名な話なので、通じるはずだ。

「……えーと、がんばれ」

唯一普通なのは、クリストフだけだった。

何の遊びもなく、ルードルフという名の斥候《せっこう》ということになっている。たぶん、彼のことは女王の眼中になかっただけだろう。

外見も、目立ちがちなチャラい見た目を、痩躯の地味なものに変更しただけだ。グリおじさんの眼中にもなかったらしい。そのおかげで助かったのだが、何となく納得いかないものを感じていた。

〈貴様ら、ブックサうるさい。我らとて、弱者の姿を借りているのだぞ。大差あるまい〉

「いや、シャドウストーカーはカッコいいだろう？」

〈たかが黒豹であろう。我らに比べれば、子猫のようなものだ〉

グリおじさんと双子は、影の追跡者《シャドウストーカー》という黒豹の魔獣の親子に偽装している。黒い毛皮が美しい凶悪な魔獣だが、それでもグリおじさんは不満らしい。

「だから、怪しいから従魔と会話しないでって……」

再び小声でコルネリアが注意しようとした時。

「失礼する！」

割って入って来る声があった。

「はい？」

コルネリアが振り向き返事をすると、そこにいたのは女騎士だった。警戒されているのか、軽く剣に手を掛けて近づいて来る。

「ごめんなさ……あ、貴方は……」

立ち止まってヒソヒソと話していたり突然叫び声を上げたりと、十分に不審な行動をしていた自覚はある。コルネリアは掛けられた声に謝罪を返そうとして、息を呑んだ。

女騎士の顔に、見覚えがあったからだ。

「ん？　私が何か？」

「あっ……………いえ。その、美人に声を掛けられ慣れていないのでね、驚いてしまったんだよ！」

今のコルネリアは青年剣士に偽装している。そのことを思い出し、自分の考える青年剣士らしい返答をした。

若干大仰《おおぎょう》な芝居《しばい》じみた口調になってしまったのは仕方ない。そして、演じた青年剣士が、恋愛を主題とした芝居の男性主人公のようになってしまったのも仕方ないことだ。咄嗟《とっさ》にそれしか思い浮かばなかったのだから。

「それで、私のようなしがない冒険者に何の御用《ごよう》かな？　美しき騎士様？」

「……………いや、見かけない顔だったのでな。役目上、声を掛けさせてもらっただけだ。この街の住人ではないだろう？」

女騎士の眉間に皺が寄る。

芝居がかった口調が胡散臭くてさらに警戒されてしまったらしいが、今更口調を変えるわけにはいかない。コルネリアはこのまま会話を続けるしかなかった。

コルネリアの首筋に恥ずかしさと焦りから、汗が伝う。

「それはそれは、ご苦労様です。しかし、丁度いい！　私たちは王都から侯爵様に書状を預かって来たのですよ。ここで出会えたのも何かの縁だ、侯爵様へ取り次ぎをお願いしたい！」

「侯爵様へ、書状？　冒険者の貴方たちがか？」

「はい！　その通りです」

コルネリアの言葉に、女騎士はさらに警戒を強めたのだった。

女騎士のイヴの案内で、望郷と従魔たちが偽装している冒険者パーティーは、領主の屋敷へと向かった。

ここはヴィルドシュヴァイン侯領《こうりょう》。先代領主は侯爵であった剣聖ゲルトで、当然ながら現領主も侯爵だ。

ただの冒険者に偽装している望郷が、すんなりと高位貴族である侯爵に会えるはずがない。門前払いも覚悟していたが、そこは女王に書状と共に持たされた紹介状が効力を発揮した。

小一時間待たされたものの、何とか屋敷の中に入れてもらうことができた。

イヴに誘導され、望郷と従魔たちは屋敷の廊下を奥へと進んでいく。

〈チャラいの、面白い状況になっておるようだな〉

イヴの後ろに続いて廊下を進みながら、グリおじさんがやけに上機嫌にクリストフに話しかけた。

一人と一匹は最後尾を並んで歩いていた。

「……面白いも何も、この女をここに来させたのは、あんたの指示だろ？　元々騎士としてはそれなりに有能だったんだから、また騎士になっててもおかしくないだろう？」

クリストフはイヴに聞こえないように小声でこっそり反論した。

望郷のメンバーの前を歩く女騎士のイヴ……。その正体は、イヴリン。

元ペルデュ王国のアマダン伯領所属の瑠璃唐草騎士団《ネモフィラ》の騎士だ。

そう、あくまでも元だ。

彼女はロアたちと共に城塞迷宮《シタデルダンジョン》に行き、そこで命を落としたことになっていた。

実際はグリおじさんの策略《さくりゃく》により、このネレウス王国のヴィルドシュヴァイン侯爵領に逃がされて、名を変えて別人として生活していた。そして真面目《まじめ》に仕事をこなす姿と腕っ節の強さが実力主義の侯爵の目に留まり、再び騎士としての地位を得ていた。

クリストフはそのことに気付いたグリおじさんが面白がっているのだと思って反論したが、グリおじさんは残念な者を見る目でクリストフのことを見つめる。

〈いや、そのことではない。チャラいの、貴様、気付かなかったのか？〉

「ん？　何をだ？」

最近やっと、クリストフもグリおじさんに対して砕けた調子で話しかけられるようになってきている。恐怖感はまだあるようだが、普通に話すくらいはできる。

〈畑の所にアダドの第三皇子がいたであろう？　船と共に沈《しず》んだと思っていたが、生きてこんな場

所まで辿り着いていたのだな〉

「ブホッ!!」

グリおじさんの言葉を聞き、クリストフは盛大に噴き出した。噴き出した後に大きく息を呑んで、唾《つば》が気管に入ってしまったのだろう。その後はゲホゲホと咳《せ》き込《こ》む。

イヴや他の望郷のメンバーから奇異な目で見られたが、クリストフが大丈夫だと身振りで伝えると再び前を向いて歩き始めた。

どうやらグリおじさんの声は、クリストフにしか聞こえていなかったらしい。他の者たちの態度は普通だ。

〈我は島で少し顔を見た程度なのだぞ？　貴様の方が長く相手をしていたのだろう？　なぜ気付かぬ？　髭で少し見た目が変わったぐらいで、見分けられぬとはな。貴様の密偵としての能力はたかが知れているようだな〉

「…………本当か？」

クリストフは咽《む》せた所為《せい》で目に滲む涙を拭いながら尋ねた。

〈嘘を言っても仕方ないであろう。だから面白いと言っておるのだ。それで、どう見る？〉

グリおじさんの問い掛けに、クリストフは宙に視線を這わせて考え込んだ。

「……早い段階でアダドが第三皇子の死亡を発表しているのは知ってるよな？　そのことから考え

ると、第三皇子は切り捨てられて命を狙われて……いや、それも変か……」

言ってから、クリストフは考え直した。

アダド帝国は第三皇子の死亡をかなり早期に発表した。それと同時に、ネレウス王国へ艦隊を差し向けたのは第三皇子の独断であり、全ての責任は第三皇子にあると公表していた。

体《てい》の良いトカゲのシッポ切り。死人に口なしとばかりに、何もかも第三皇子に責任を押し付けて事件を終わらせたのだ。

この状況で第三皇子が生きていたとなると、彼の死亡にかこつけて終わらせた様々な問題が再び持ち上がって来るだろう。

クリストフはそのことから、生きていた第三皇子はアダドから命を狙われ、この街に逃げ延びたのだと一度は考えた。

しかしそれだと、こんなアダド帝国に近い街にいるはずがない。逃げるなら、アダドの手が届かない遠くの街や国に逃げるはずだ。

別の理由があるなと、クリストフはさらに考える。

「……復権を狙って裏工作中とか？」

〈妥当《だとう》な線だが、今更あの男に力を貸す者はいないだろうな。まあ、あの男はかなり傲慢で考えないしの性格をしていたようだからな。あのままの性格であったなら、今からでも復権可能だと考えて

いるのかもしれぬが……。何にせよ、面白い状況であろう？〉

「面白がるなよ……」

どう考えても、第三皇子の存在は今後の大きな火種《ひだね》となる。クリストフは内心、誰にも気付かれないうちに暗殺してしまった方が面倒がないのではないかと考えた。

非道《ひどう》だが、自分の大事な者たちや国に厄災《やくさい》の火の粉が飛んで来ることを考えれば仕方ない。誘拐騒動の中で、クリストフとロアは第三皇子に殺されかけたわけだし、恨みもある。

それに、グリおじさんが面白がっているのが大問題だ。グリおじさんが第三皇子を利用して何か良からぬ計画《イタズラ》を考えないうちに、始末しておいた方が良い。今夜あたりサクッと始末して来るか。……と、クリストフが考えたあたりで、領主と面会するための部屋の前に到着した。

部屋は執務室らしく、何の飾り気もない場所だった。

「騎士のイヴです。客人を案内してまいりました」

扉の前にいた警護の騎士に報告する。騎士が中に入り取り次ぐと同時に、短く「入れ」と声が聞こえた。

太く威厳《いげん》のある声。その声だけで、中で待ち構えているのが一筋縄ではいかない人物だと予測できた。

イヴに促されて入ると、待っていたのは冷たい印象のある男だった。見た目は三十代に見えるが、纏っている落ち着いた雰囲気からすると実際の年齢はもっと上だろう。

彼がこの侯爵領の領主、メルクリオ・ゲルト侯爵だ。痩《や》せて日に焼けていない肌をしているが、不健康な印象はない。肩の長さで切り揃えられた髪も艶《つや》やかだ。若い時はさぞかしモテたのだろうと思わせる、整った顔をしていた。剣聖の血筋とは思えない美丈夫《びじょうふ》だった。母親がよほどの美人だったのだろう。

メルクリオの傍らには先ほどの警護の騎士と、もう一人小太りな男が控えて立っていた。イヴも望郷のメンバーを部屋の中に入れると、警護の騎士たちの横へと並んだ。

「それで、女王の書状を預かって来ているらしいな？　直接手渡したいとは、よほど重要な要件なのだろうな？」

メルクリオは大きな執務机に向かい、書類仕事をしながら言い放つ。来客に顔を向けることすらせずに、絶え間なく書類を読んでペンを走らせている。不遜《ふそん》な冒険者など、眼中にないといった態度だった。

「相変わらず忙しそうだな」

黒い全身鎧を兜までしっかり着込んだままのディートリヒが声を掛ける。すると、ペンの動きが止まった。

メルクリオが顔を上げ、やっと客たちに視線を向けた。そして一度大きく目を見開くと、憎々しげな視線をディートリヒへと向けた。

「……………その鎧は父が十年前まで実際に使用していたものだ。使用回数こそ少ないが、伝説的な戦いでも使われた貴重な物なのだぞ？　貴様ごとき女王陛下のオマケが着て良い物ではない。脱げ。この屋敷のサロンに飾る」

それだけ言うと、メルクリオは右手を軽く挙げる。

「いや待て待て！」

「ふむ。何を待てと言うのだ？」

「あんた今、騎士にオレから鎧を剥《は》ぎ取《と》る指示を出そうとしただろう？」

ディートリヒが慌てて止めると、メルクリオはその眉間に大きく皺を刻んだ。

「何を当たり前のことを言っている？　価値を分からぬ者から不相応な物を取り上げるのは良識ある人間の使命だろう？」

「熱烈なジジイ愛好家は健在かよ。身内のクセに！　まずは、オレたちの話を聞けよ」

「貴様の話など、一考の価値もないな。ディートリヒ？」

メルクリオは吐き捨てるように言った。

彼はすでに黒い鎧男がディートリヒだと分かっていたらしい。もっとも、ディートリヒが着ている鎧の元の持ち主が剣聖だと知っていれば、推測は容易いのだが。

黒鎧を手に入れられる人間も、剣聖が着る許可を出す人間も限られている。それにディートリヒは鎧を着ているだけで声はそのままだ。

メルクリオ・ゲルト侯爵はその名からも分かる通り、剣聖の息子だ。当然ながら、剣聖と親密にしているディートリヒとも面識があった。

ただ、メルクリオはディートリヒにとってあまり友好的な相手ではなかった。

メルクリオは剣聖の――あくまで認知されている中での話だが――七男であり、それほど親密な親子付き合いをしてこなかった。さらには彼に剣の才能はなく、剣聖の指導を受けることもなかった。

そんな彼が、長年剣の指導をされ、剣聖とまるで親子のような関係を続けているディートリヒの存在を知れば、嫉妬心《しっとしん》を持つなという方が無理な話だろう。むしろ嫉妬程度で済んでいるのが奇跡《きせき》に近い。

「リーダー！　リーダーだと話が拗《こじ》れそうだから、私が話すわ」

ディートリヒに任せていると話が明後日《あさって》の方向に逸れてしまいそうだと、一歩前に出たのはコルネリアだった。

「……？　そういえば、今日は見慣れない者たちを連れているのだな。見限られたか？」

コルネリアの行動にメルクリオは首を傾げてから、ディートリヒ以外のメンバーを見渡した。

今のディートリヒ以外のメンバーは、全員魔法で偽装している。本来の姿であれば従魔たち以外の全員がメルクリオと面識があるのだが、気付くのは不可能だろう。

コルネリアはメルクリオの前に出ると、軽く頭を下げた。

「侯爵様。この場にいる方々は、全員信頼できる方ですか？」

「……何を……ああ、もちろんだ」

コルネリアの言葉に少し考えてから、メルクリオは返した。

コルネリアの言った内容は、そのままの意味ではない。侯爵と近く接することができる人物たちなのだから、当然信頼していないはずがない。

ならばなぜあえてそんなことを尋ねたのかと言えば、この場で見たことを他言無用にして欲しいという遠回しな確認だった。

「じゃ、グリおじさん。偽装を解いてもらえる？」

〈ヴァル、解いてやれ〉

この流れは予測できていたのだろう、コルネリアの言葉に即座にグリおじさんは応《こた》える。

〈諾《だく》〉

短いヴァルの声が響き、偽装が解かれる。それは一瞬だった。まるでその場にいた人間が別人に入れ替わったように見えた。

「……!!」

突然の出来事に驚きながらも騎士二人が剣を抜き放ったのは、日頃の訓練のおかげだろうか。護衛の騎士は剣をコルネリアに突き付けたが、何者なのか途中で気付いたイヴは戸惑って半《なか》ばで剣を止めた。

イヴはコルネリアの顔を覚えていたらしい。顔色が一気に変わっていく。

「コルネリアちゃん！」

メルクリオは驚き固まっていたが、別の人物が叫びを上げた。最初からこの部屋にいた、小太りの男だ。

「あ、大丈夫だから。この子はボクの義妹《ぎまい》。エミーリアちゃんの妹だよ。今のはベルンハルトの魔法？ って！ グリフォン!!」

小太りの男は笑みを浮かべてコルネリアに話しかけてから、その背後にいるグリおじさんに気付いて今度は驚きの叫びを上げた。叫びと同時に後ろに下がろうとしてカーペットに足を取られてしまい、尻もちをつく。

冒険者が影の追跡者《シャドウストーカー》の従魔を連れているのは、まだ彼らの常識の範囲内で、驚くほどではなかった。だが、突然現れたグリフォンには耐え切れなかったらしい。

その叫び声に反応するかのように、メルクリオと騎士二人もグリおじさんの方に視線を向け、再び驚いて大きく目を見開いた。

………もっとも、イヴだけは先ほどから驚きの種類が違っているようだが。

「義兄様《おにいさま》、お久しぶりです。このグリフォンは従魔です。安全…………ですよ」

迷惑グリフォンのことを本当に安全と言って良いのか悩みながらも、コルネリアは言い切る。転んだままの小太りの男は呆然としながらも、グリおじさんを真っ直ぐに見つめていた。

「そ、そうなのかい？　コルネリアちゃんが言うなら大丈夫なんだろうね。すごいね、グリフォンの従魔なんて。ああ、噂の錬金術の子の？　今日はその子はいないの？」

「……ライマー。少し黙れ……」

「はあい」

「ハイだ！」

「はい。義父様《おとうさま》！」

小太りの男……ライマーはメルクリオに一喝《いっかつ》されて飛び上がるように立ち上がった。立ち上がってから尻の埃をポンポンと両手で払う姿は、どこか喜劇的《コミカル》で可愛らしさすらある。メルクリオと正反対で、かなり緩い人物であるらしい。

「貴様らも、剣を収めろ。危険はない」

少し苛立ちながらも、メルクリオは騎士たちに指示を出してから大きくため息をついた。

「……それで、魔法で姿を偽ってまで侯爵邸に来た理由を説明してくれるんだろうな？」

「もちろんです。まずは女王陛下の書状をお読みください。それから……」

やっと話を聞いてくれる姿勢になったと安堵の息を吐いてから、コルネリアは今までの経緯を話し始めた。

ヴィルドシュヴァイン侯爵《メルクリオ》は女王の書状を読んだ後、改めてコルネリアの話を聞いた。女王の書状には内容らしい内容がなかったからだ。ぶっちゃけてしまうと、「みんなの話を聞いてあげてね」と書かれていただけだ。

彼は素直にコルネリアの話に耳を傾けた。嫉妬から嫌悪感すら持っているディートリヒと違い、義理の娘の実の妹という、ちょっと複雑な関係ながら可愛がっているコルネリアの話なのだから当然だ。

話が進むにつれて眉間に深い皺が刻まれていったが、全て女王が承認済みとあれば否定することはできない。徐々に顔色を青く染めながらも、口を挟まず話を聞き続けた。

「……なるほど、事情は分かった」

コルネリアの話が終わった時点で、彼はそう答えた。しかし、納得はできていないらしい。額に手を当て、目元を隠して頭を抱える。コルネリアはその姿を見ながら、少しだけ同情した。

コルネリアが話したのは、あくまで話せる範囲のことだ。

つまるところ、今回の誘拐に関わる内容程度で、ロアと従魔たちがやらかした数々の出来事は一部しか話していない。それでも頭を抱えてしまうのだから、改めて考えてもロアとグリおじさんのやらかしは酷い。

「それで、お前たちは冒険者としてこのヴィルドシュヴァイン侯領から一度ペルデュ王国に入り、アダド帝国に入国するということだな」

「そうです」

「その無意味な行動をしても変だと思われない依頼を考えて、私に出して欲しいと？」

「そうです」

「……理由も依頼内容も私に考えろと!?　丸投げではないか!!」

思わずメルクリオは叫んだ。そう、丸投げである。

今のアダド帝国は、ネレウス王国の動向を警戒している。ネレウス王国の人間が安易な行動をとると監視対象になり、最悪あらぬ罪をでっち上げられて投獄《とうごく》されてもおかしくない。

それは望郷が見た目まで偽装して別の冒険者パーティーとして行動しても同じだろう。ネレウスからアダドに移動するという時点で、警戒されるからだ。

望郷のメンバーと女王は、そういった事態を避ける手段を考えた。そして、ネレウスから直接アダドに入るよりは、隣国のペルデュ王国に一度入り、ペルデュからアダドに入った方が疑われないと判断した。

その際にネレウスを出国する場所として、このヴィルドシュヴァイン侯領を選んだのだった。

ヴィルドシュヴァイン侯領は、ペルデュ王国に面し、アダドとも近い。何より、面識があり信頼できる領主が治めている。何かと都合が良かったのだ。

「……その、女王陛下が、王都にいる自分たちではどんな依頼が相応しいか分からないから、任せてしまおうと……」

「冒険者がペルデュ経由でアダドに入国するなど、逆に怪しい！　何か隠しているから疑ってくれと言わんばかりではないか！　小細工《こざいく》せずにアダドに入国すればいい！　それになぜこの街に来た!?　この街はアダドの密偵だらけだ！　この街に来た方が疑われる確率は高まる!!」

「……」

整った顔を歪め、メルクリオは叫んだ。キッパリと言い切られ、交渉をしていたコルネリアを筆頭に望郷のメンバーは黙り込んだ。

「あの女王がそのあたりを分かってないわけないから、遊ばれたんだろうね。きっと相談してる途中で思考を誘導されてるよ？　しかも、義父様《おとうさま》にもちゃんと嫌がらせしてるし。隙があれば他人に嫌がらせするなんて、さすが、女王様だなぁ。尊敬するなぁ」

張り詰めた雰囲気を打ち消すように、呑気な口調で呟いたのはメルクリオの横に控えていたライマーだ。自分には他人事《ひとごと》だと言いたげだ。部外者として状況を楽しんでいるのだろう。

メルクリオはライマーの言葉に、険しい顔をさらに険しくさせた。女王に遊び半分の嫌がらせで望郷を押し付けられた自覚があるのだろう。

しかし、ふと良いことを思いついたとばかりに抱えていた頭を上げた。

「……ライマー。このことはお前に全て任せる。お前もいずれは義娘《エミーリア》の代わりに領地を治める男だ。これくらいの雑務は簡単にこなして見せろ。私は忙しい」

メルクリオは面倒事をライマーに押し付けることにした。つまり、丸投げの丸投げだ。

ライマーは、コルネリアを義妹と呼び、メルクリオを義父様《おとうさま》と呼んでいることからも分かる通り、コルネリアの実姉でメルクリオと養子縁組しているエミーリアの、夫である。

次代侯爵のエミーリアには近衛《このえ》騎士の仕事があるため、領地を治めるのは彼の仕事となる。

彼とエミーリアの結婚は政略結婚であり、最初からエミーリアに代わって領地経営を任せるために組まれた縁談だった。

「えーー!?」

と、ライマーはわざとらしい驚きの声を上げたが、すぐに笑みを浮かべた。細めの目がさらに細められ、糸のようになる。

「と、言っても、考えるまでもないね。さっきの偽装を使えば何の問題もないよ。普通にこのままアダドに向かって、普通に希少素材か希少アイテムの入手依頼を受けたと言って、アダド地下大迷宮《グレートダンジョン》に入ればいいんだよ。依頼はボクが懇意《こんい》にしている商会を通して出してあげるからさ」

ライマーはあっさりと言ってのけた。

「そうだね、この街に君たちが来たのも、ボクが呼び寄せたことにしようか。露骨に公言したら胡散臭くなるから、裏から噂を流すよ。せっかくディートリヒがそんな鎧を着て来てくれたんだから、義祖父様《おじいさま》の隠し子を見極めるためってことにすれば、いつもやってることだから疑われないよね。見極めの試練を与えて、入手困難な素材を危険な場所に採りに行かせたってことにすればいいかな。女王様が君にその鎧を着せて隠し子を名乗らせたってことは、そうさせる前提だったのかな？　あの人の考えは、本当に読めないよね。あ、でも無様《ぶざま》な真似はしないでね。義祖父様《おじいさま》の隠し子が次々やって来るのが面倒で、血縁がありそうでも無能は即始末することにしてるからね。殺さなきゃいけなくなっちゃうから」

「うるさい、腹黒」

ライマーが長々と語った後に、ディートリヒは吐き捨てるように言った。無様な真似をするなという言葉が、気に食わなかったのだろう。

もちろん、ディートリヒはライマーとは知り合いであり、彼の性格をよく知っている。だからこそ、罵《ののし》る言葉が「腹黒」なのだ。

腹黒侯爵、陰謀侯爵、冷血侯爵などと呼ばれるメルクリオが政略で選んだ義娘婿《むすめむこ》は、当然ながら選ばれるに値《あたい》する良い性格をしていた。

「ありがとう。次期領主代行としては褒め言葉だよ」

ディートリヒの言葉をさらりと受け流し、ライマーはもう望郷のメンバーに言うことは終わったとばかりに視線を別の方向に向ける。それは、騎士として護衛の役割を果たすために壁際に控えていた、イヴの方向だった。

「ところで、イヴ。さっきから何か言いたそうにしてるけど、何かな？　発言を許すよ？」

「え⁉　はい……」

突然声を掛けられ、イヴは戸惑った。口を開きかけ閉じるという動作を繰り返してから、大きく深呼吸をして発言する。

「……その。私も彼らに同行してもよろしいでしょうか？　騎士の仕事が重要なことは十分に分かっています。しかし私は彼らには恩があり、わずかでも返せる機会があるなら手助けを」

「いいよ」

「えっ⁉」

覚悟を決め神妙《しんみょう》な面持《おもも》ちで語り出したイヴの言葉を最後まで聞かず、ライマーは軽く承認した。

拒否されると思っていたのだろう、イヴは驚きを隠せずに大きく目を見開いてライマーを見つめた。

「おい、勝手に決め……」

「隠し子を見極めるためってことにするって言ったよね？　侯爵家からの監視役がいるのは当然だよね？　自《みずか》らその役目に名乗り出てくれる者がいるなら、丁度いいの。騎士服を見れば侯爵家の騎士だと分かるから、目的の裏付けになるしね」

「……」

勝手に同行を決めるなどあり得ないとディートリヒが抗議の声を上げるが、またもや最後まで聞かずにライマーは言葉を被せた。

一介の騎士に過ぎないイヴの性格すらも理解して、こういう結果になることを予測していたのだろう、当然と言いたげな反応だ。

〈ははは！　なるほど、あのエミーリア《男前の女》と夫婦になるだけはある者ということか！　寝坊助の寝惚けた頭では、このハゲ予備軍の頭に敵《かな》うまい！〉

言いくるめられたディートリヒを見て、グリおじさんは楽しげに笑う。いつもならディートリヒも言い返すところだが、口を開くことはない。その代わり、声を聞いた望郷のメンバー全員の目が、ライマーの頭部に集まった。

「……ハゲ予備軍……」

思わず呟いてしまったのは、コルネリアだ。グリおじさんの言いたかったことは分かる。小太り具合といい、頭の回転の速さといい、商人のコラルドのようだと言いたかったのだろう。

グリおじさんはコラルドのことを「ハゲ」と呼んでいる。だからこそ「ハゲ予備軍」なのだ。

だが、その単語の印象から、どうしてもライマーの頭部に視線が集まってしまった。ライマーは前髪を額に降ろした髪型をしている。疑いの目で見てしまうと、どうしても後退した生え際を隠しているようにしか見えない。

「ちょっと！　なに言ってるの？　コルネリアちゃん⁉」

呟きと視線の先に気付いて、ライマーの顔から笑みが消えた。慌てて両の掌で額を押さえる。その反応から、本人が気にしていることを誰もが察した。

「ごめんなさい！　その、グリおじさんが余計なことを言うから！」

ライマーの反応に、コルネリアの方も慌てた。今までまったく意識していなかった知り合いの弱点を、無意識で指摘してしまったのだ。慌てるなという方が無理だろう。

思わず切っ掛けとなったグリおじさんに非難を向けたが、当の本人は気にする様子すらない。

〈我は余計なことなど言っておらぬぞ。それにしても、所詮は予備軍だな。ハゲと言われて動揺するとは。ハゲは余裕で受け流しておったぞ。格がまだ足りぬ〉

「そういうことじゃなくて！　謝ってよ！」

〈そういえば、エミーリアはこやつのことを子犬とか子豚とか呼んでおったな。まだ一人前《いちにんまえ》として扱うには足りぬ部分があるということなのだろうな〉

「ちょっと！　グリおじさんの前で、そんな会話はしたことないわよね？　どこで聞いてたのよ？」

〈さあな？〉

コルネリアは聞き捨てならない言葉に、思わず噛み付く。エミーリアは確かにライマーのことを親愛を込めて子犬や子豚に例えるが、ライマー自身の立場もあるので、極親しい身内の前でしか言わない。いつどこでそんな発言を聞かれたのかと、焦った。

ちなみにグリおじさんがその発言を聞いたのは、ネレウス王都の侯爵邸だ。グリおじさんは侯爵邸では常に周囲を警戒していた。その結果、侯爵邸の中で起こった出来事を全て知っていた。決して、自国で羽目を外している望郷のメンバーの弱みを握るために覗き見していたわけではない。

〈……そんなことよりも、いいのか？〉

「え？」

しばらく会話をしてからグリおじさんに指摘され、やっとコルネリアは気が付いた。自分がディートリヒに対してやるなと言っていた「従魔に必死になって話しかける」行動をやらかしてしまっていることを。

しかも、致命的な場面で。

挙動不審なコルネリアに、メルクリオとライマーの視線が突き刺さる。彼らにしてみれば、コルネリアがグリおじさん相手に必死になって独り言を言っていたようにしか見えない。

「……これは、その……私、最近ちょっと、幻覚みたいなものが……」

誤魔化してみるものの、到底通じるはずがない。メルクリオとライマーの二人と望郷のメンバーは互いに見つめ合い、気まずい空気が流れた。

「……父から聞いている。連絡を貰った」

口を開いたのは、メルクリオだった。

「…………何だ、知ってたのかよ！　早く言ってくれ」

その言葉にディートリヒは安堵の息を漏らしたが、他の望郷のメンバーはまだ不安顔だ。ディートリヒのように単純に喜ぶことはできない。

一応は身内だとはいえ、隠していたことを知られていたのは問題である。弱みと言うほどの内容ではないが、秘密を知られ、裏付けを取られたことで、何か交渉されるのではないかと不安がよぎる。

「正直、信じてはいなかったがな。また父が面白おかしく脚色して冒険譚《たん》を語っているだけかと思っていたのだが、まさか本当に魔獣と会話ができるとはな」

メルクリオは、まだ渋い顔をしている。あまり好意的なことだと受け止められないようだ。その表情から続けて何を言われるのかと考えて、ディートリヒ以外の望郷のメンバーの表情がさらに曇った。

〈ならば話が早い！〉

望郷のメンバーの心配をよそに、グリおじさんが声を上げて望郷のメンバーを押し退《の》けて前へと出た。途端にメルクリオとライマーに怯えの表情が見え始める。

確かに偽装を解いた瞬間も、グリフォンだと気付いて驚いていた。しかし、それでも従魔として望郷の後ろに控えており、直接対峙《たいじ》しているわけではなかった。間に望郷のメンバーがいることで、恐怖を感じるほどではなかった。

彼らとて荒くれ者の多いネレウスの高位貴族である。それくらいの気概はあった。

しかし、グリおじさんが前に出て来たことで、直接対峙となってしまった。気概があると言っても彼らは所詮、事務系の人間だ。事務作業や交渉の場であればともかく、暴力に対しては弱い。

そして、グリフォンは理不尽な暴力の化身として知られていた。相手が悪過ぎる。

グリおじさんが向けて来る鋭い眼光と全身から感じる迫力に、抑えていた怯えの感情が湧き上がって来る。

もちろんそれはグリおじさんが意図的に軽く威圧を向けている所為でもあるのだが、武術の心得などないに等しい二人はまったく気が付かない。グリおじさんが前足を伸ばせば届きそうな距離に近づいても、二人は動けずに固まっていた。

〈そこの女騎士を連れて行くのならば、もう一人くらい増えても大丈夫だろう。アダドの帝都に詳《くわ》しい人物が道案内に欲しい〉

そう言ってから、グリおじさんはコルネリアに向かって目だけで合図をする。グリおじさんの声が聞こえない二人に、今言ったことを伝えろということなのだろう。

「おい、勝手に人を増やす話をするなよ、性悪グリフォン！」

〈我も貴様らもアダドのことは伝え聞いた程度しか知らぬ。どうせ案内は必要だ。アダドで雇うよりはこちらで雇っておいた方が安全であろう？〉

ディートリヒの抗議の声を、グリおじさんは正論で封じた。

〈なに、難しいことではない。丁度ここに来る道すがら、アダドの帝都に詳しそうな人間を見かけたからな！　しかもそこの女騎士に好意があるように見えたぞ。間違いなく、案内係を引き受けてくれるであろう！　ふふふふふ……〉

その言葉を聞いて、クリストフが貧血でも起こしたかのように床に座り込んで頭を抱える。グリおじさんが何を考えているのか察して、目眩を覚えたのだろう。彼が今日の夜にでも処理しようと考えていたことも、手遅れとなってしまった。

〈さて、アダドで何が起こるか。楽しみだ！〉

ロアが誘拐されて不安な状況にもかかわらず、グリおじさんは相変わらずだった。

アダド帝国の皇帝の居城は、帝都の中心にあるが帝都ではないとされている。

それは、皇帝の居城が帝都の中でも特殊な場所にあるからだった。

皇帝の居城は正式な名称はないものの、通称としてライム城と呼ばれていた。これは柑橘類《かんきつるい》のライムではなく、石灰岩《ライムストーン》に由来していた。つまるところ皇帝の居城は、石灰岩の台地の上に建っているのだ。

石灰岩の台地の上には居城以外の建物はなく、帝都は台地の周囲を取り囲むように発展していた。台地は居城のある一番高い部分を中心に、東西に十五キロ、南北に十キロほどの範囲で広がっている。高さも帝都から二百メートルは上にある。そのため、居城は帝都と完全に切り離されていた。

石灰岩の台地そのものが巨大な岩の塊であるため根が張れず、大きな木は生えていない。

居城がある台地の上から見渡せば、視界に入るのは剥《む》き出しの岩々と、隙間を埋めるように生える草だけだ。岩の白さと草の緑が引き立て合い、木々が生えない場所にもかかわらず美しい。

遮蔽物《しゃへいぶつ》がほとんどないため城からの見通しは良く、防衛を重視して石灰岩の台地の上に建てられたのだろうと言われていた。

……しかし、皇帝の居城が建てられたのは、アダド帝国が軍事国家になるよりも遥か昔。攻め込まれる危惧《きぐ》などなく防衛の概念すらあやふやな、平和な頃の話だった。

本当の理由はその地下にあった。

石灰岩の台地は、往々にしてその地下に巨大な鍾乳洞《しょうにゅうどう》がある。雨水に溶かされ易い石灰岩は、割れ目から流れ込んだ水によって浸食されて水路を作って広がっていく。それが長い年月をかけて広がり続けることで、巨大な鍾乳洞となったのである。

そして、その鍾乳洞に目を付けた人物がいた。

それは古代の錬金術師だった。彼の名は分からない。彼自身が名を残さないことを望んだために、人間の歴史から消えている。しかし、現代でも彼が存在していた証拠は残り続けている。

アダド地下大迷宮《グレートダンジョン》。

古代の錬金術師が巨大な鍾乳洞を利用して作り出した、世界で一番大きく、世界で最初に生まれたダンジョンだ。

ダンジョンの上には錬金術師の生活空間として砦が作られ、それが彼の死後……古代遺跡と呼ばれるほどの時間が経ってから、基礎部分だけを利用して建て替えた物が、現在のアダド皇帝の居城だ。

基礎部分だけとはいえ古代遺跡。様々な恩恵《おんけい》があるため、皇帝の居城として選ばれたのだ。

様々な恩恵の内でも特出していたのは、歴代皇族にだけ伝え隠されてきた迷宮主《ダンジョンマスター》との連絡通路だろう。

ダンジョンの中を通ることなく最深部に繋がっており、迷宮主《ダンジョンマスター》と直接交渉と取引をすることが可能な、特殊な通路である。

現在その通路の先……ダンジョンの最奥で、件《くだん》の迷宮主《ダンジョンマスター》は机に突っ伏していた。

〈………想像以上だった……〉

彼がいるのは巨大な倉庫兼作業場だ。

地下大迷宮《グレートダンジョン》は錬金術師によって作られた研究施設であり、素材を得るための魔獣の牧場であり、薬草の農場でもあった。その全てから集められた素材が、この倉庫兼作業場には納められている。

アダドの王は、その一部を譲《ゆず》り受けることで多大な恩恵を受けているのである。

〈酷いよ、ご主人様……〉

誰もいない広大な空間の中で力なく呟く彼の名は、カラカラ。心なしか薄汚れ、熊の着ぐるみのように見える全身の毛並みも悪い。

ゆっくりと頭を上げると、美しく七色に輝いていたはずの瞳は力なく淀み、目の周りには隈《くま》が出来ていた。

どう見ても、疲れ切っている。カラカラは小さく、吐息を漏らした。

〈……あんなに……たくさん……ご主人様の命令でも、受け止めきれない……〉

カラカラは焦点が定まらない視線を虚空に向けたまま、机に指を這わせて手探りで水の入った杯《コップ》を掴んで口へと流し込む。

渇《かわ》いた喉を満たそうと焦るあまり、口から水が溢れ出して頬に伝った。彼の毛むくじゃらの手にも伝ったが、弾かれ水滴となって床へと落ちた。

カラカラは、水を飲み干してフウと息を吐く。

水すら久しぶりに口にした気がした。そんな時間すら作る余裕がなかった。睡眠をとったのはいつだっただろうか……。確か三日は寝ていない。

〈ご主人様がボクを必要としてくれて……たくさんくれて、嬉しいけど……。もう、限界かも……〉

カラカラは妖精である。

地下大迷宮《グレートダンジョン》の迷宮主《ダンジョンマスター》になれるほど、強力な妖精。

地下大迷宮《グレートダンジョン》はアダドの中心であり、そこを支配しているということは、カラカラは実質的にアダド全体を支配しているということになる。

それゆえ、彼は妖精王と呼ばれている。

それほどまでに強い力を持つ彼は、たった数日寝ていない程度でこのように疲れ切ったりはしない。……はずだった。

「あ！　カラくん‼　こんな所にいた！」

〈！！？〉

不意に声が掛かり、驚きにカラカラの身体が大きく跳ねる。

「反射炉《はんしゃろ》の建設ってどうなってるかな？　反射炉がないと理想の強度にならない鉱物がいくつかあるんだよね。あと、魔道具作製の講義はいつできるかな？　資料庫の本を読んで、ある程度は理解したんだけど、やっぱり細かな部分は理解している人から教えてもらった方がいいと思うんだ。そうそう、身代わり草の畑作りはどうなってる？　作りたい魔法薬があって、できるだけ早く大量に欲しいんだけど」

一気に多くの言葉を掛けられ、カラカラは声を掛けて来た相手を呆然と見た。

ほんの数週間ほど前。

カラカラは新しいご主人様になってもらうために、一人の人間を誘拐して来た。まだ成人したてで見た目は少年と言って良いほどだったが、カラカラが長年求めていた能力を持った錬金術師だった。ちょっと邪魔なオマケたちがいたが、簡単に手出しができないように処置もした。

どうせ追いかけて来るだろうが、ダンジョンの中にいる限り手も出せないだろうし迎撃も簡単だ。

新しい主人と従魔契約を終わらせ、幸せな日々が始まるはずだった。

「カラくん！　どうしたの？　聞いてる？」

〈はっ……はい！　聞いてます！　申し訳ありません!!〉

新しい主人が、目の前で手を振って心配そうに覗き込んでいる。それに気付いてカラカラは慌てて返事をした。

〈……そ、その。何度も言っていますが、カラくんと呼ばずにカラカラと呼んでいただきたいのですが……〉

カラカラは恐縮しながらも願い出る。

魔獣にとって名前は大切なものだ。たとえ愛称だとしても正しくない名は好ましくない。それなのに新しい主人は何度注意しても愛称で呼んで来る。

何度言っても直らないため、カラカラは気にしないようにしようとした。しかしそれもできなかった。確信を持って呼んで来るため、名前が上書きされてしまいそうな恐怖を感じるのだ。新しい主人は、人当たりは良いくせに、やけに頑固で自分を曲げるのが苦手らしい。

「ごめんごめん。それでカラくん、反射炉なんだけど……」

〈……………ここは地下ですので、建設の前に換気するための通路と施設が必要です。大型の反射炉は、鍛冶場《かじば》のように簡易的に済ませることはできませんので。配下の魔獣にも手伝わせていますが、まだ時間がかかりそうです。命じられていた魔法薬の比較実験が先ほど終わりましたので、魔道具作製の講義は今からでもできます。身代わり草の畑は、芽《め》が出たところです。魔法で成長促進すれ

ばすぐにでも収穫可能ですが、薬効を考えればおすすめはできません〉

カラカラは虚ろな目を向けながら答える。新しい主人は、以前の主人よりさらに要求が厳しかった。

強い力を持つカラカラが疲れ切るほどに。

「うーん、じゃあ反射炉はやっぱりオレが魔法で作っちゃおうか？　その方が……」

〈いえ!!　ご主人様の手を煩《わずら》わすわけにはいきません!!〉

さらに質《たち》が悪いことに、新しい主人はカラカラの手が回らないと察すると、自分でやってしまおうとする。カラカラにとって最悪なのは、彼がやるとカラカラがやるより早く良い結果が出てしまうことだ。

さすがは我が主人と思いながらも、カラカラにとってそれは屈辱《くつじょく》でしかない。

人間に使役《しえき》され物作りをすることを喜びとしているカラカラにとって、仕事を奪われるのは存在価値を失う行為だ。命を奪われるに等しい苦痛を感じた。

だから、カラカラは無理をしてでも主人の要望を叶えようと動くしかない。たとえ疲れ切り命を削ることになっても。

「遠慮しなくても、使う魔力はカラくんの魔力なんだからカラくんが作るようなもんじゃない？」

〈そんなことはありません！〉

カラカラと主人は従魔契約によって魔力を共有している。カラカラは主人が自分の魔力を自由に使うことは当然だと思うのだが、新しい主人はそれを認めたがらない。

「でも、オレも調子に乗ってカラくんの魔力を使っちゃってるし」

〈私の魔力はご主人様のものです。自由に使われるのは当然です〉

「そんなことないよ」

主人はカラカラの魔力を使っているのだから、自分が何かを作り出してもカラカラの手柄だと主張する。何度否定しても異常な頑固さで否定し返して来るので、カラカラは自分の常識を揺るがされかけていた。

そのやり取りが地味にカラカラの精神力を削っていた。

しかも、こんなことを言いながらも、主人は魔力を使い始めると周りが見えなくなるのか、容赦《ようしゃ》がない。カラカラ自身でも魔力が空になるほど魔法を使うなど稀《まれ》だ。それなのにカラカラはこの数日だけでも魔力が枯渇《こかつ》しかける危機的状況に何度も晒されていた。攻撃魔法ならともかく、錬金術でそんな事態を引き起こす主人の才能にカラカラは恐怖すら覚えた。

さらには……。

「また、そんなこと言って。グリ……あれ？」

〈マズい！〉

慌ててカラカラは新しい主人の目を覗き込む。そして魔法を上書きした。

新しいご主人様から邪魔なオマケたちを排除するにあたり、カラカラは二つの魔法を使った。

一つは通常世界から世界を切り離して魔力回廊での繋がりを断つための空間の魔法。

そしてもう一つは、オマケたちを忘れさせるための記憶操作の魔法だった。

カラカラは主人が冒険者として活動していた時期の記憶をごっそりと忘れさせた。そして、その間は自分と魔法薬などの物作りの勉強をしていたと記憶を置き換えた。そうすることが一番手っ取り早いと考えたからだ。

人間の記憶は他の記憶と密接に絡み合い、人格にも影響を与えている。相手の人格を破壊する覚悟がない限り、安易に消し去ることはできないのだ。

だから、忘れさせると言っても消し去るわけではなく、表に出て来ないように封印して、辻褄《つじつま》を合わせるための偽の記憶を植え込むくらいしかできない。

しかし、封印した記憶は、消していないのだから復活する危険性を孕《はら》んでいた。

カラカラほどの魔法に長《た》けた魔獣であれば、封印した記憶が復活することは滅多《めった》にないはずなのだが……新しいご主人様は何度となく以前の記憶を取り戻しそうになっていた。

その度にカラカラは魔法を上書きし、強化しているのだが結果は芳《かんば》しくない。ちょっとした拍子に、カラカラの名を忌《い》まわしいグリフォンや未熟な魔狼の子たちの名と言い間違えたりして、記憶の封印が解けそうになる。

それは主人の頑固な性格によるものなのか、それとも凶悪なグリフォンの魔力に長年晒され続けた結果なのか……。

カラカラに原因は分からないものの、ただひたすら手間がかかり、厄介なことだけは間違いなかった。

そのこともカラカラを疲弊《ひへい》させていくのだった。

「……あれ？　何かあった？」

カラカラが魔法をかけ直す一瞬だけ主人の目は虚ろになったものの、すぐに正気の光を取り戻す。

その様子から記憶の封印が解けていないことを感じ取り、カラカラは安心から大きく息を吐いた。

〈いえ、何もありませんよ。私は……そうだ、ダンジョン内の罠《わな》の状態を確かめて来ます。その後、魔道具作りの講義をしましょう〉

誤魔化すように言うと、カラカラはその場を立ち去る。

主人に魔法をかけるのは反逆する行為に等しい。カラカラ自身は仕方がないことだと思っているものの、若干の後ろめたさを感じて逃げ出した。

不自然なカラカラの態度に主人は少し首を傾げた。

「うーん。なんかおかしいよね。態度とか」

一人残されたロアは、誰に聞かせるでもなく呟いた。

「でもまあ……本人が隠してるんだから、無理やり聞き出すのも良くないよね」

疑問は残るものの、隠し事を詮索《せんさく》するのは良くないと考え直す。

「身代わり草で魔法薬を作りたかったけど、育ってないなら仕方がないよね。カラくんが戻って来るまでの間、何を作ってようかな？」

そして気持ちを切り替え、さっそく新たに作る物を考え始めた。

記憶を封印されていても、ロアもまた相変わらずなのだった。


クリストフは頭を抱えていた。

今は野宿中である。食事も終わり、焚火《たきび》を囲みながら全員が思い思いの時間を過ごしていた。

そんな中、クリストフは焚火の前に座って、周りを見渡している。

望郷のメンバーと従魔たちは、ヴィルドシュヴァイン《メルクリオ》侯爵の屋敷に一泊し、その後で出立《しゅったつ》した。

目指したのは、アダドとの国境だ。

彼らはメルクリオの助言通り、女王の嫌がらせじみた助言を無視して真っ直ぐアダドの国境を越えることにしたのだった。今はまだネレウス王国だが、明日にはアダドに入国することができるだろう。

それから目的地までは少なくとも一、二週間はかかる。他国の人間の移動は記録されるし、ヴィルドシュヴァイン侯領の騎士を伴っての移動は目立つ。国境からの移動時間が極端に早いと怪しまれるため、グリおじさんの魔法で飛んで移動することもできない。

「はあ……」

クリストフはため息をつくと、焚火を挟んで離れた所にいる人間を覗き見た。

炎と煙で視線は気付かれないはずだ。別の人間と何かを話しているようだが、距離があるのと焚火の爆《は》ぜる音で聞き取ることはできなかった。

そこにいるのは、ヴィルドシュヴァイン侯領の騎士イヴだった。ディートリヒの仮の姿……剣聖の隠し子という設定のベアヒェンの監視役ということになっている。

その正体は、元ペルデュ王国のアマダン伯領所属の瑠璃唐草《ネモフィラ》騎士団の騎士イヴリン。

彼女とは城塞迷宮《シタデルダンジョン》への旅で出会い、結果的にロアが彼女と彼女の大切な人間を助けることになった。

彼女はその時の恩を返すために、今回の旅の同行を申し出て来た。それをヴィルドシュヴァイン侯爵が許す形で、なし崩しに同行が決まった。

クリストフは彼女の存在に不安を感じていたが、まだ対処可能な不安だ。それよりももう一人の同行者が大問題だ。

彼女よりもさらに危険を孕んでいる存在がいる。

クリストフはイヴに楽しげに話しかけている人物の顔を見て、さらに深く頭を抱えてため息をついた。

その人物とはアダド内の案内役として雇われた、ダースだ。

彼の正体は、元アダド帝国の第三皇子ダウワース。ロアとクリストフの誘拐を計画し、実際にネレウス沿岸の海賊島までは誘拐した主犯である。

その彼が、なぜか今回の旅に同行する羽目になってしまっていた。意味が分からない。

クリストフが苛立ちからイヴとダースから目を背《そむ》けると、少し離れた大岩の上で寝そべっている存在が目に入った。影の追跡者《シャドウストーカー》という黒豹型の魔獣の姿に偽装した、性悪グリフォンだ。

クリストフは思わず殺気を込めて睨みつけたが、気付いていないはずがないのに完全に無視をされた。

ダースが同行する原因を作ったのは、グリおじさんだった。何を考えているのか、アダドでの案内役にダースを指名したのだ。

……いや、何を考えているのかは、クリストフにもだいたい分かっている。

まだ長いとは言えない付き合いだが、今までやらかされまくっている所為で、陰険グリフォンの捻《ね》じれ切っている性根《しょうね》は理解でき過ぎるほど理解できている。

ダースが……死んだはずの元第三皇子がまだ生きていると認識させることで、アダドを混乱させたいだけだ。要するに、アダドに対しての嫌がらせなのだろう。

何を考えているのか分からないと言えば、むしろダースの方だろう。

ヴィルドシュヴァイン侯領はアダドとの国境沿いではないとはいえ、農民に身をやつして潜《ひそ》んでいたということは、自分がアダドから逃げ隠れしないといけない立場なのは理解しているはずだ。

なのに、彼はほぼ二つ返事でこの旅に同行してアダドに行くことを決めた。本当に、何を考えているのか分からない。

それに……と、クリストフはグリおじさんを睨むのをやめて、再びイヴとダースの方に目を向ける。

「……どう見ても、惚《ほ》れてるよなぁ……」

どういう切っ掛けがあったのかは分からないが、ダースはイヴに惚れている。その態度から間違いない。

「たかが騎士に惚れるなんて、まさか別人じゃないよな？　小汚いし……」

モッサリと表現した方が良いくらいに顔を覆う伸びた髭と、乱雑に束ねただけの伸び切った髪。擦り切れて穴が開きかけた古着。見た目だけではダースはとても元皇族に見えない。顔が似ているだけの別人と考えれば、そうとしか思えなくなる。

「それに……変に庶民的なんだよな」

ダースはかいがいしくイヴの世話をしている。その様子は皇族というよりも、騎士に付き従っている世話係のように見えた。

とても海賊島で上から目線で威圧的な態度を見せていた人間と同一人物とは思えない。あれからたった二か月足らず。彼に何があったのだろうか？

「アダドの皇族は、若い時に一兵卒《いっぺいそつ》として軍事訓練を体験させるらしいわよ」

考え込んでいると、不意に声が掛かった。クリストフが目をそちらに向けると、コルネリアだった。コルネリアはクリストフにお茶を手渡すと、彼の横に座った。

「下の者の仕事や苦労を理解していないと、上に立つ人間に相応しくないとか、そういう感じの理由だったと思うわ」

「ふーん。下地はあったってことか。お、このお茶は美味いな！」

「ダースが淹《い》れてくれたの」

「……」

お茶を口にした途端、一瞬だけクリストフの顔に笑みが浮かんだが、すぐに渋い物を飲んだような表情に変わった。

コルネリアも聞きかじった程度だが、今言った知識は正しい。アダドでは貴族どころか皇族であっても、一度は若い時に軍の最底辺の仕事を体験させられる。その仕事には上官の下働きまで含まれている。

食事の世話や、お茶を淹れるのもその一環だった。

それに加えて、戦場で敗退しても生き残れるように、危険な場所の判断や野営の仕方、食料に適した動物や魔獣、草木の見分け方と食べ方まで教育されている。軍事国家の軍という大きな組織で研究され、受け継がれてきた知識だ。しっかりと教育されたダースは、下手な冒険者より野営の知識が豊富だった。

しかし、それだけの知識がありながらも、残念なことに彼は武術や魔法は得意でなかった。皇族として生活をしてきたために体力もあまりなかった。知識があってもヴィルドシュヴァイン侯領に着く頃にはボロボロになっていた。

それでも生き延びられたのは、様々な人たちに助けられたからだ。

ボロボロになるほど落ちぶれ、人々に助けられた経験は、彼の傲慢さを取り払って性格の角《かど》を完全に削り取ってくれた。今のダースが人を見下さず庶民的な雰囲気を纏っているのは、他人の優しさを知ったからだ。

そして最後に彼を救ったのが、イヴだった。

しかしそんなことを知るはずもないクリストフとコルネリアの目には、不思議な光景と映るのは仕方がないことだろう。

「もう、同行してるんだから、諦めたら？」

クリストフの様子を見て、何を悩んでいるのか察したのだろう。コルネリアは言い聞かせるように静かに言った。

昨夜、クリストフは望郷のメンバーにダースの正体について話した。何とかして同行を取りやめられないかと相談したのだが、結局はグリおじさんが乗り気になっている以上は阻止できないという結論しか出せなかった。

「……そうだな」

悪だくみの時限定で、グリおじさんは頭が回るし、口も回る。

阻止しようとしても、とんでもない手段を使って自分の思い通りにするだろう。抵抗したところで徒労に終わるのは目に見えている。

何より、従魔たちは別室だったが、滞在したのは同じ侯爵の屋敷だ。その話し合いも監視されていて、すぐに対策を取られることは分かっていた。

ロアがいれば一言叱って終わりなのだろうが、彼はいない。

今更ながら、グリおじさんの悪質さと、ロアの存在の大きさを望郷のメンバーは噛み締めていた。

それに、元第三皇子のダースの知識が、アダドに入国してから役に立つのは間違いない。現地の人間からでないと得られない知識というものはどうしても出て来る。細部まで国のことを把握している案内役は貴重だ。

それも、いざという時に指揮を執るために、地形や水の流れや街の正確な位置、各地の商業や領主の性格や関係性まで教育されて把握している人間の知識ならなおさら。もちろん全部が全部信用できるとは思えないが、十分に利用価値はあった。

そんなこんなで、望郷のメンバーは妥協することにしたのである。

「それよりも、問題はこれよね」

もうこの話は終わりとばかりに、コルネリアはばっさりと話題を変えた。懐《ふところ》から一枚のカードを取り出し、指に挟んでクリストフの目の前に差し出す。

「リーダーは無視しろって言ってたけど、気になるわ」

そのカードには女王の直筆で「お土産《みやげ》にヒヒイロカネを頼むわね」と書かれていた。

このカードは、ヴィルドシュヴァイン侯爵《メルクリオ》に宛てられた女王の書状に同封されていた。メルクリオとの面会の最後に手渡され、全員が首を傾げたのだった。

「伝説の金属をお土産って、どこまで本気なのかしら？」

面会後、ベルンハルトとグリおじさんの説明によって、ヒヒイロカネが何なのかは把握《はあく》している。

それでもよく分からない。

曰く、オリハルコンから作られた希少な金属だとか。

曰く、生きている金属だとか。

曰く、太陽の光のように赤く輝く金属だとか。

曰く、他のどの金属よりも硬いとか。

何やら怪しげな風説ばかりだった。それらを総合するに、ベルンハルトやグリおじさんであっても、見たことはおろか実在するかも分からない伝説の金属らしい。

そもそもオリハルコンですら、幻《まぼろし》と言われる希少な金属である。どこかの王族が持っているという噂を聞いたことはあるが、真実を確かめた者はいない。それよりもさらに希少と言われる金属など、そう簡単に見つかるはずがない。

それを土産に持ち帰れとは、いったい女王は何を考えているのだろうか？

何より顔を合わせていた時に直接言わず、書状の封筒に紛れ込ませたことが怪しい。直接言えば無下に断られると思い、自分がいない場所で目にするように仕向けたのだろうか？

「悪質な冗談なんじゃないか？　無視だ無視」

クリストフはもうこれ以上頭の痛いことが増えて欲しくないとばかりに、差し出されたカードを追い払うように手を払って見せた。

「でも、グリおじさんが地下大迷宮《グレートダンジョン》ならあるかもしれないって言ってたから……女王はそこにあることを知ってたのかも？」

「勘弁《かんべん》してくれ……」

クリストフは頭を抱えた。同時に、嫌な考えが思い浮かぶ。

様々なことを知っている女王なら。カールハインツ王子をはじめとした多くの密偵を手足のように使っている女王なら。

ひょっとしたら、ダースのことも知っていたかもしれない。そして、女王はグリおじさんの性格をよく知っている。まさかと思うが、嫌がらせじみた指示でヴィルドシュヴァイン侯領に立ち寄らせた本当の目的は……。

「……」

自分が思い浮かべてしまった考えに、声も出ない。そのまましばらく、クリストフは頭を抱え続けた。

苦労人クリストフの苦難は続く。


その日。

アダド帝国の皇帝の居城で、一つの騒動が持ち上がっていた。

「なぜだ！　なぜ出て来ない!!」

そこは城に立つ塔の一つ、錬金の塔と言われる場所に繋がる隠し通路。その通路を地下深く降りて行った突き当たりの場所だった。

本来であれば、そこにはカラカラという名の錬金術師が住む部屋の扉があるはずだった。

「もっと掘るんだ！　見つかるまで掘れ!!」

しかし、そこには何もない。いや、なかったというべきか。

今、そこには大きな穴が掘られている。

「カラカラ!!　どこに行ったのだ!!」

細い通路に男の声が響き渡る。男は顔全体を覆う豊かな髭を生やし、アダドの皇族を示す深みのある黄色を基調とした服を着ていた。護衛の騎士が付き従い、皇族であることは一目で分かった。

叫んでいる男は第二皇子。名をズバイルという。

「……何が……何が起こったのだ？　扉はここにあったはずだ……」

彼の目の前では、魔術師が土魔法を使って通路の突き当たりに横穴を掘っている。もう魔術師の身体が見えないほどの深さになっており、五メートルは掘り進んでいた。

「……もう、無理です。硬く大きな岩盤があって、これ以上は掘り進めません……」

土魔法を使いながらも、魔術師は苦しげに呟く。彼の額には汗が浮かび、魔法補助魔道具の杖を握る手も震えていた。

「ここにあったはずなのだ！　掘れ！　掘るんだ!!」

しかし、魔術師の言葉を聞かずに第二皇子は悲鳴のような叫びを上げる。第二皇子の目は血走り、狂気に満ちていた。

「ないはずがないんだ。……そうだ、やつが埋めたのか？」

誰に問い掛けるわけでもなく、呟く。彼の口の端には泡が浮かび、平静を失って激しく動き回ったために髪も髭も乱れていた。

「いえ、掘れた範囲を見ても自然です。魔法で何かを埋めた気配はありません。元々そこにあったとしか思えないほどの大きな岩盤があります。……もし、魔法で埋めたのだとしたら、とんでもない大魔術師の仕業としか……」

「そんなはずがあるまい！　やつは錬金術師だぞ!!」

呟きに魔術師が答えたものの、第二皇子は唾を飛ばして怒鳴りつけた。

ほんの二か月に満たないほど前。

第二皇子がこの場所を訪れた時には、間違いなく扉があった。その扉を開けて、奥の部屋からカラカラが顔を出していた。

なのに、ここには何もなかったはずだと魔術師は言う。ただ、岩盤が埋め尽くしていると言う。

扉の形も、扉が開く音も、不遜なカラカラの態度も覚えているというのに。

しかし、とんでもない大魔法で埋めたというのもあり得ない。カラカラは錬金術師。物作りに特化した細かな魔法を使える程度の存在だ。巨大な岩盤を発生させる魔法どころか、普通の魔法すら使えるかどうかも怪しい。

「ここに、あったよなぁ!?」

思わず、第二皇子は後ろに控えている護衛に向けて問い掛けた。あまりにあり得ない事態に、他人に尋ねずにはいられなかったのだ。常に自分に付き従い、カラカラとも共に会っていた彼は問い掛けるには最適だった。

「……あったと、思います……」

しかし、返って来たのは力ない答えだった。その声は不安げで、護衛も確信が持てなくなっているのが分かった。

「……幻覚でも見ていたというのか？　そんなはずはない！　やつの作った魔道具は手元にあるのだ!!　存在していたはずだ!!」

彼の問い掛けに答えられる者は、この場にはいない。第二皇子の声は、空《むな》しく地下の通路に響き渡るだけだった。

この日から……。

いや、気が付かなかっただけで、かなり前から。

アダドの発展の一部を支えていた錬金術師のカラカラの存在は、第二皇子たちの前から消えてしまったのだった。

だが、アダド帝国に起こった騒動はこれだけではなかった。地下大迷宮《グレートダンジョン》の方でも、異変が起こり始めていたのである。

第三十九話　アダドグレートダンジョン

今、アダド帝都の冒険者たちの間で、一つの噂が流れている。

とある女性の集団の会話にもまた、その噂が上ろうとしていた。

「ねえ、絶対におかしいよね？」

ここは帝都にある冒険者ギルドだ。

帝都は方角で住み分けがされている。その理由は、帝都が石灰岩の台地を取り囲むように作られていることにあった。

高さが二百メートルはある台地は、実質的には山と言って良い。そのため、方角によって日当たりに大きな差があった。

当然ながら、一番日当たりの良い南側に貴族たちが住み、そこから北に向かって貧富《ひんぷ》の差が生まれていった。最後まで日陰となる北側は、最も貧《まず》しい人々が住む場所となっている。

しかし、そんな北側でも栄《さか》えている場所がある。

迷宮地区《ダンジョンエリア》。

それは、アダド地下大迷宮《グレートダンジョン》の出入り口周辺にあり、冒険者たちが集まる場所だ。宿屋や飲食店、娯楽施設や冒険者に必要な道具を売る店などが立ち並び、活気に満ちている。

彼女たちが話している冒険者ギルドは、その迷宮地区《ダンジョンエリア》にあるアダド本部だった。

「何が？　ルゥルゥの頭？」

「ターラちゃん、ひどーーーい！」

地下大迷宮《グレートダンジョン》の出入り口は、皇帝の居城のある石灰岩の台地の麓《ふもと》に横穴を開けるように存在している。

出入り口だけなら普通の洞窟のように見えるが、地下大迷宮《グレートダンジョン》はそこから石灰岩の台地の遥か地下深くまで伸びていた。

「ターラさん、そんな意地悪を言うものではありませんわ」

「はいはい。ちょっとした冗談じゃない。サマルは頭が固過ぎるのよ」

彼女たちのいる冒険者ギルドのアダド本部は、その地下大迷宮《グレートダンジョン》の出入り口を塞《ふさ》ぐようにして建っている。要するに、冒険者ギルドの中を通らないと、地下大迷宮《グレートダンジョン》の中には入れない構造になっていた。

そんな構造になっている理由は、地下大迷宮《グレートダンジョン》に冒険者以外が入らないように管理するためだ。

「いや、ターラが悪いな。ターラは口が悪過ぎる。今までは大きな問題は起こっていないが、口は禍《わざわい》の元と言う。改めた方が良いぞ」

「そうです、アディーバさんの言う通りですわ」

「はいはい、私が悪かったですよー」

彼女たちは、冒険者ギルドの中に作られた酒場にいた。仕事が終わった後の、ちょっとした打上げだ。

料理と酒が並んだテーブルを囲み、飲み会をしていた。まだ飲み始めらしく、料理はそれほど減っていない。

今は昼間だが、酒場には多くの人がいる。そして、どの集団も飲んだくれている。

地下大迷宮《グレートダンジョン》は巨大な洞窟のために昼夜の区別がなく、中に入っていると時間感覚が狂ってしまう。夕食の時間のつもりで外に出て来たら、早朝だったなんてこともよくある。

そのためここの冒険者は、どんな時間に飲んだくれていても大目に見てもらえるようになっている。

ちなみに中に酒場がある冒険者ギルドは、ここの街が発祥《はっしょう》だ。

元々は時間に関係なく酒を飲みたいダンジョン帰りの冒険者たちのために提供を始めたのだが、意外と情報収集の場として有効だったために他の街へと広まっていった。今となっては、ほとんどの街の冒険者ギルドが酒場と一体になっている。

「でさ、何がおかしいのよ？」

「え？　何？」

「何って、ルゥルゥ、あんたが言い出したんでしょ？」

ルゥルゥと呼ばれた女性は、そう言われて不思議そうに首を傾げた。彼女はどこか抜けているところがあるらしい。自分が振った話題を、他のことを話している間に忘れてしまっていた。頬が赤く染まっていることから、すでに酔っているのかもしれない。

「ターラさん、それはたぶん、最近のダンジョンのことだと思うわ」

おっとりとした口調で口を挟んだのは、先ほどサマルと呼ばれた女性だ。

「ダンジョン？　何かおかしいところがあった？」

ターラと呼ばれた女性は、泡立っている酒の入った杯《コップ》を一気に呷《あお》る。そしてプハッと気持ち良さそうに息を吐くと、話を続けろと言わんばかりにサマルに目を向けた。

「このところ、ダンジョンの様子がおかしいと噂になっているのよ」

「そうなの？　私たちもさっきまで潜《もぐ》っていたけど、おかしいところなんてなかったじゃない？」

「いや、おかしかったぞ」

アディーバと呼ばれていた女性は、ターラの言葉を否定した。

彼女は酒を飲んでいるというのに椅子にしっかりと腰掛け、姿勢を正している。よほど礼儀正しい家庭に育ったのだろう。

「明らかに、致死性の罠が減っていた。そのかわりに、嫌味なほど巧妙《こうみょう》な物になっていたな」

「あーーー！　あの陰険罠!!　あるのが分かってても、引っ掛かったやつ！」

アディーバに言われ、ターラも思い当たることがあったのか叫びを上げた。

「そう言われれば、今まではあんな罠なかったね」

「それに、他の冒険者の方たちから、宝箱から出る物の種類も変わってきたと聞きましたわ」

補足するように、サマルが続ける。宝箱というのは、その名の通り価値の高い物が入った箱である。

どういう理由があるのかは分からないが、地下大迷宮《グレートダンジョン》では時々発見される。

中に罠があることも含めて、このダンジョンは他にはない不思議なことが多い。迷宮主《ダンジョンマスター》が妖精であることが原因でないかと言われているが、迷宮主《ダンジョンマスター》のことを含めて、真偽のほどは誰にも分からなかった。

もっとも、冒険者たちには探すだけで高価な物が手に入るという事実こそが大切で、それらがある理由などはあまり気にしていないのだが。

「そりぇ、ルゥルゥも聞ひた!! きゃわった魔ほー薬がたきゅさん出て来るんだよにぇ!」

酔いが回ってきたのか、ルゥルゥの滑舌《かつぜつ》が怪しくなってきている。

「変わった魔法薬?」

「髪の色を変える魔法薬とか、食べてもすぐにお腹が空くようにする魔法薬とか、微妙な物ばかり出て来ると聞きましたわ。ああ、水虫治療の魔法薬だけは大人気らしいですけど。困りますよねぇ」

サマルは頬に手を当てて困ったような表情を作った。

今までであれば、宝箱から出て来る魔法薬は治癒系の物ばかりだった。ダンジョン内では魔獣と戦ってよくケガをするため、持ち込む魔法薬だけでは足りないことも多い。そういう時に、宝箱から高い確率で出て来る治癒魔法薬には助けられていた。

それなのに奇妙な魔法薬ばかりになったとなると、今後の探索にまで影響が出てしまうだろう。

ターラもアディーバもそのことを察したのか、確かに困った事態だと眉を寄せた。ルゥルゥだけは、机に突っ伏して酔いつぶれる体勢に入っている。

「……ハリードと相談しとかないといけないね」

アディーバは流れるような所作で酒を一口飲んで喉を潤《うるお》すと、そう呟いた。

「ん？　オレがどうかしたかな？」

不意に、声が掛かる。

予想外の声に、全員が声の方を見たが、その瞬間に彼女たちの表情が変わった。

「お疲れ！　ハリード！」

「ハリード様。お待ちしておりましたわ」

「ハリード、やっと来たか」

「ハりゅードぉ……」

言うなれば、惚れた相手を見つめる顔。四人の女性たちが、いずれも彼を狙っていることが一目で分かる。そんな表情。

彼女たちの視線の先に立っていたのは、清々しさを具現化したような好青年だった。

整った顔も、動く度にそよぐ金色の髪も、防具を外したシャツ一枚の健康的な体つきも、いずれも爽《さわ》やかさを感じさせた。

「買い取り交渉を済ませて来たよ。オレも仲間に入れてもらうね」

何より彼女たちに向けられた控えめな笑みは、女性を虜《とりこ》にする。その微笑みは彼の心根が溢れ出したように、一点の濁《にご》りすら存在していなかった。

彼が彼女たちの冒険者パーティー『降りしきる花』のリーダー、ハリードだった。

ハリードの言葉を聞いて、アディーバが慌てて隣のテーブルから余った椅子を借りて来て、サマルが飲み物の注文をする。ターラは料理を取り分けて差し出し、ルゥルゥは酔って潤んだ目で彼を見つめていた。

ハリードが四人の女性と仲良くしているのは、同じ酒場にいる冒険者たちにとっては、何とも羨《うらや》ま……目のやり場に困る光景だったが、誰も咎める者はいない。

すでに見慣れた光景だということもあるが、何よりも彼と彼女たちの実力がそれを阻《はば》んでいた。

『降りしきる花』は男性一人に女性四人という珍しい構成ながら、このアダド帝国で有数の冒険者パーティーなのである。

そして現在のアダド帝国の『勇者パーティー』だった。

ルゥルゥは素早さを生かした囮役《おとりやく》。いわゆる、回避盾《かいひたて》と言われる役割だ。

サマルは女神官で、回復役。魔法薬などの管理と会計も兼ねていた。

アディーバが斥候と罠を見つける盗賊、ターラが魔術師だった。

そして、リーダーのハリードが剣士という構成だ。

勇者パーティーは宣伝効果や今後の期待も含まれている称号のため、必ずしも勇猛無比《ゆうもうむひ》と言えるほどの飛び抜けた実力を持つわけではない。それでも一目《いちもく》置かれ、冒険者ギルドで気ままに振る舞える程度の実力は持っていた。

そういうわけで、他の冒険者たちは彼らが多少目のやり場に困る行動をしていたとしても、注意などできないのだった。

しかし……。

「あの男……」

不意にアディーバが何かに気付いたように、声を潜《ひそ》めて呟く。彼女は盗賊なだけあって、周りの気配に敏感《びんかん》だ。もっとも、やっかみの視線などは日常的過ぎて意図的に無視しているのだが。

「どうした？」

ハリードがその呟きに気付いて問い掛けると、アディーバは視線だけ動かして合図をよこした。合図が向けられた先には、黒い全身鎧の男がいた。

頭をすっぽりと覆った兜の奥に輝いている目は、ハリードに向けられ、憎しみの色に燃えていた。

グリおじさんは怒っていた。

ディートリヒに殴られ、窘《たしな》められて、表面的には落ち着いている。

だが、今でも、静かに、燻《くすぶ》るように怒っていた。

唯一の主であるロアを奪われ、引き離されたのだから仕方ない。むしろ表面上だけでも平静を保てていることが奇跡に近い。

これはロアがいない今、幼い双子の魔狼《ルーとフィー》を守り導けるのは自分しかいないという矜持のおかげだろう。もし双子がいなければ、世界を廃墟《はいきょ》にしてでもロアを探し出したいという衝動が抑え切れなかったはずだ。

それに……ほんの少し……本当にほんの少しだが、ディートリヒを筆頭にした望郷のメンバーのおかげでもあった。彼らと共にいることで、怒りに身を任せずに自分を保つことができていた。

ロアが消えてから、すでに一か月以上の時間が経っている。

ヴィルドシュヴァイン侯領を出立《しゅったつ》してからも、すでに十日ほど。ロアのいない状態で望郷と共に旅をして、やっと彼らのやり方に馴染《なじ》んできた。

ロアが消えてからネレウス王国の王都を出立するまでは、極限まで落ち込んだ双子の魔狼《ルーとフィー》に気を配るので必死だった。

その合間を見て、何とか早急にロアを救出する手段はないかと探っていたために、望郷のメンバーを相手する時間はなかった。

王都からヴィルドシュヴァイン侯領へは、グリおじさんの魔法で飛んで移動したため半日しかかかっていない。実質的に、ロアがいない状態で望郷のメンバーと行動を共にしたのは、ヴィルドシュヴァイン侯領からアダドの帝都を目指した旅の十日ほどだけだ。

この間は、アダドに目を付けられないように、普通の冒険者らしい行動を心掛けていた。偽装したままの姿で、従魔らしく親密そうに見える関係を装った。

そのおかげか、グリおじさんと望郷のメンバーとの距離は一気に縮まった。今まではロアが間に入っていたため、やってこなかったようなやり取りもした。

そのやり取りが、ほんの少しだけだが、グリおじさんの心を穏やかにした。

もっとも、そのやり取りというのが、望郷側から見れば最悪なものばかりだったりするのだが。

食事に文句をつけたり、旅の進みの悪さに苦情を言ったり、かと思えば不要な寄り道をしようとしたり、宿屋の酒を盗もうとしたり、気に食わない者たちを見かけたらちょっとしたイタズラを仕掛けたり。

よくこんな最悪な魔獣を抑えていられたものだと、望郷のメンバーは今までのロアの苦労を察して感心したのだった。

ディートリヒと本気のケンカもした。

もちろん相手に死ぬようなケガをさせないという最後の一線だけは守っていたが、グリおじさんは魔法を使ったし、ディートリヒも剣を抜いた本気のケンカだ。

望郷のメンバーは誰も止められなかったが、ロアがいないことでほとんど口を利かない双子から〈うるさい!〉と一言叱られただけで収まった。

そのこともまた、グリおじさんと望郷の関係性を少し変化させた。

………ちなみに。

そのケンカの原因は『ロア特製標準従魔用乾燥餌《えさ》・通称カリカリ（改）』である。

これは冒険者ギルドが販売している『標準従魔用乾燥餌・通称カリカリ』を元に、ロアが試しに作り出した物だ。その味が好きで旅の携行食にしていたディートリヒが、元々は従魔用なのだからとグリおじさんたちにも食べさせようとしたのが原因だった。従魔たちは、この乾燥餌に対して全力で拒絶したくなるほどの心の傷《トラウマ》があるらしい。

そんな事件もありつつ、何とかグリおじさんは表面上は平静を保つことができたのだった。

しかしそれでも、グリおじさんの怒りが消えたわけではない。心の中では燻り続けている。

もちろん、怒りをそのままにしておくグリおじさんではない。多少なりとも憂《う》さ晴《ば》らしをしないと耐えられない。その矛先《ほこさき》は、発端となったアダド帝国に向いた。

元アダド第三皇子であるダースを旅に同行させたのも、その憂さ晴らしの一環だ。

ダースをアダド国内に連れて行くことで、アダドに混乱が生まれればいいと考えたからだ。

別に何事もなく終わっても、たいした騒動にならずにダースが殺されて終わっても良い。火種になる可能性があるだけでも、溜飲《りゅういん》が下がる。

また、ロアを救い出すという大きな目的があるため大っぴらに活動はできないが、グリおじさん自身も気付かれないように作業していた。

グリおじさんは国境を越えてアダドに入国してからずっと、主要な建物を見かける度に仕掛けを施してきた。

グリおじさんは、魔法を使って建築された建物であれば、狙った時期に倒壊させることができる。ちょっとした嫌がらせのために磨《みが》き抜かれた技術だが、今回はそれが最大限に発揮された形となった。

片っ端から仕掛けまくった仕掛けは、時期が来たら一気に発動する。突然主要施設が倒壊すれば、アダドは少なくない被害を受けるだろう。グリおじさんはその時のことを想像して、苛立つ気持ちを抑えた。

そして、現在、グリおじさんたちと望郷は帝都に到着している。

グリおじさんたちと望郷は、すぐに地下大迷宮《グレートダンジョン》の出入り口である冒険者ギルドに向かい、ダンジョンに入る手続きを始めた。

その間に手持無沙汰《てもちぶさた》だったグリおじさんは、ここでも倒壊させるための仕掛けを施そうと建物ごと周囲を探った。

その時、あることに気が付いた。

〈ふむ、面白い連中がいるな〉

やたらと目を引く行動をしている者たちがいたのだ。有名人だったおかげで、彼らが何者であるかはすぐに分かった。周囲の会話に聞き耳を立てるだけで情報は集まった。

〈寝坊助、あれを見ろ〉

グリおじさんは、他の望郷のメンバーに気付かれないようにディートリヒに声を掛ける。

「何だよ、こんな所で」

ディートリヒはグリおじさんに視線を向けずに囁《ささや》くような小声で対応する。ここは冒険者ギルドの中。しかも受付の前だ。多くの人がいる。グリおじさんと違って、普通に話していては疑われてしまう。

〈貴様の敵がいるぞ〉

「敵⁉」

ディートリヒが眉を寄せながらグリおじさんに促された方向を見ると、そこは酒場になっている部分の一角だった。

「…………敵だな」

すぐにグリおじさんが何を指して言っているのか悟ったディートリヒは、低い声で唸った。兜の中で声が反響して、まるで地獄《じごく》の底から聞こえて来るような声だ。

そこには、一人のやけに爽やかな男が、複数の女に甲斐甲斐《かいがい》しく世話をされる姿があった。

身体にピッタリした薄布の服の女が、男のために隣のテーブルから余った椅子を借りて来ている。

神官服なのにスカートが短い女は、飲み物の注文をしていた。魔術師のローブを軽く羽織《はお》って胸を強調している女は料理を取り分けて差し出し、幼女のような小柄な女は酔って男の腕に纏わり付いている。

女たちは、全員が男に熱の籠《こも》った瞳を向けていた。明らかに、男に惚れている瞳だ。どんな男が見ても、羨ましい状況だった。ディートリヒのようなモテない男など、羨ましさを通り越して敵認定するほどに。

〈やつらは、勇者パーティーだぞ〉

「…………」

トドメとばかりにグリおじさんが呟く。ディートリヒの身体から殺気が溢れ出た。

ディートリヒは、勇者パーティーというものに良い感情は持っていない。昔は特に何の感情も持っていなかったが、ロアと出会ってから変わった。

ロアが昔いた勇者パーティーから虐《しいた》げられ、最後は無残に追い出されたと聞いた時から、あまり良い感情を持たなくなった。

もちろん、ロアを虐げていた勇者パーティーが壊滅したことは知っている。そして、他国の勇者パーティーが必ずしも同じように酷い者たちでないことも知っている。だから、普段であれば疑いの目を向けるだけで、無暗《むやみ》に殺気を向けたりはしない。

だが、今は違う。最初に男一人に四人の女性が群《むら》がる痴態《ちたい》を見せつけられて、悪感情を持ってしまっていた。

その後に勇者パーティーだと聞かされたのだから、抑えが利かなくなった。怒りから殺気を含んだ、憎しみの目を向けてしまった。

〈我らは余所者《よそもの》だ。この国の冒険者の代表たる勇者パーティーには、挨拶《あいさつ》に行くべきではないか？〉

「……そうだな」

グリおじさんがさらに煽ると、ディートリヒは一言だけ呟いて勇者パーティーに向かって歩き始めた。殺気を放ちながら歩いていくディートリヒを見ながら、グリおじさんは器用に嘴を歪めて笑みを浮かべる。

上手くいった。これは絶対に派手なケンカになる。そう考えて、期待に胸を膨《ふく》らませる。

勇者パーティーは、その国の冒険者のトップだ。

大きな被害を受けたとなれば、アダドの冒険者ギルドは混乱するだろう。この国に対する腹立たしさも多少は軽減されるはずだ。

グリおじさんは、ディートリヒがそれを成し遂げられるだけの実力を持っていると知っている。

ディートリヒの性格から女たちには嫌味を言う程度だろうが、チヤホヤされている男は再起不能にするだろう。

進むほど足取りが速まっていくディートリヒを確認して、よしよし……と、グリおじさんは満足げに笑った。

「リ……ベアヒェン!!」

突然、疾風《しっぷう》のように、ディートリヒに背後から飛びかかる影があった。影は、鞘《さや》に入ったままの剣でディートリヒの頭をぶん殴る。

兜に当たった剣の鞘が、カンッ！　と心地好い音を立てた。

「……何だ、コル」

「何やってるのよ！」

頭を殴られたことで、ディートリヒは振り返った。ディートリヒに駆け寄り殴ったのは、コルネリアだった。

大声で叫ぶと同時に、兜の下のディートリヒの目を覗き込んで状態を確かめる。

「良かった、一応まだ正気だった……。ベアヒェン、何をしている！　手続きは終わった。明日からダンジョンに入るんだ、買い出しに向かうぞ」

コルネリアは芝居がかった男言葉でそう言うと、ディートリヒの手を握って力いっぱい引っ張った。

「……ああ、分かった」

手を引っ張られたことで、ディートリヒは完全に正気に戻ったようだ。溢れ出ていた殺気ももうない。少し苛立ちを残しているようだが、素直にコルネリアに従う。

「今騒ぎを起こしたら、ダンジョンに入れなくなるかもしれないいじゃない！　リーダーを煽って変なことをさせようとするのはやめてよね！」

コルネリアは小声でグリおじさんに苦情を言う。

〈ちっ〉

コルネリアに阻止されて、グリおじさんは悔しそうに舌打ちしたのだった。


グリおじさんが迷宮地区《ダンジョンエリア》の冒険者ギルドで質《たち》の悪いイタズラを仕掛けていた頃。

アダド地下大迷宮《グレートダンジョン》の最深部では、一匹の魔獣が項垂れて背を丸めて椅子に座っていた。

以前は七色に輝くほどだったその目からは光が欠け、暗く沈んでいる。目の周りの隈と相まって、まるで深く窪《くぼ》んでいるように見えた。

その魔獣とは、地下大迷宮《グレートダンジョン》の迷宮主《ダンジョンマスター》。毛深い者《グルアガッハ》と呼ばれる妖精の一体、カラカラだ。

彼は妖精王とも言われる屈強な魔獣なのだが、その本質はお手伝い妖精でしかなかった。主人を助け、物を作り出すことを喜びとしている。

しかし今、その本質が破綻しようとしている。主人が出して来る要求……物作りの手伝いに手が回らなくなっているのだ。それも、カラカラ自身が命の危険を感じるほど全力を出しているというのに。

〈……何か……対策を取らないと、本当に潰れる……存在が消えるかもしれない〉

限界を超えて使い潰されるほどに使役され、主人の役に立つ。それを何よりの喜びとしていたが、本当に使い潰されたいと思っていたわけではない。

潰れてしまえば……命を失えば、主人を助けることも物を作り出すこともできなくなるのだ。本末転倒だろう。

そんなことまで望むはずがない。あくまでその一歩手前の状態を保つことが彼の望みだった。

〈せめてもう一匹、ご主人様の手伝いができる魔獣がいれば……〉

こんな風に考える時点で、自分はもうダメなのかもしれないとカラカラは思う。今までは主人の望みを全て受け入れ、自分一匹の力で成《な》し遂《と》げてこそだと思っていたはずだ。なのに、今は弱気になって他者の助けを求めている。

だが、自分だけでは主人の要求を満たし切れないのは間違いない。カラカラには多数の配下がいるが、結局はカラカラ自身が指示を出し、明確な行動内容を示してやらないといけない。

配下の妖精や魔獣は、格が低い者がほとんどだった。

そういった者たちは、自我が薄く自分の判断で動くということができなかった。

定価：各1320円⑩

異世界ゆるり紀行
～子育てしながら冒険者します～

水無月静琉　既刊15巻

TVアニメ制作決定!!

神様のミスによって命を落とし、転生した茅野巧。様々なスキルを授かり異世界に送られると、そこは魔物が蠢く危険な森の中だった。タクミはその森で双子と思しき幼い男女の子供を発見し、アレン、エレナと名づけて保護する。格闘術で魔物を楽々倒す二人に驚きながらも、街に辿り着いたタクミは生計を立てるために冒険者ギルドに登録。アレンとエレナの成長を見守りながらの、のんびり冒険者生活がスタートする!

定価：各1320円⑩

さようなら竜生、こんにちは人生

永島ひろあき　既刊24巻

TVアニメ制作決定!!

悠久の時を過ごした最強最古の竜は、自ら勇者に討たれたが、気付くと辺境の村人ドランとして生まれ変わっていた。畑仕事に精を出し、食を得るために動物を狩る――質素だが温かい辺境生活を送るうちに、ドランの心は竜生では味わえなかった喜びで満たされていく。そんなある日、村付近の森を調査していた彼の前に、屈強な魔界の軍勢が現れた。我が村への襲撃を危惧したドランは、半身半蛇の美少女ラミア、傾城の美人剣士と共闘し、ついに秘めたる竜種の魔力を解放する！

中には飛び抜けて自我が強い者もいるにはいるが……そういう者に限って妖精の悪い部分が強く出て、作業より遊びに精を出す始末だ。何の助けにもならない。

それに、繊細《せんさい》な作業や多くの魔力と知識が必要になる作業は、結局はカラカラ自身が処理しないといけなかった。配下の数が多くてもカラカラへの負担は変わらない。

今のカラカラに必要なのは、自身と同等の能力と知識、そして判断力を持った魔獣……。

〈……あれは、ダメだ！〉

カラカラは一匹の魔獣を思い浮かべ、即座に否定する。そんな魔獣が……いないことはないが、あれはダメだ。

思い浮かべたのは、最低なグリフォン。その昔、魔法を極めた賢者と共に、このダンジョンに入り込んで来たことがある魔獣だ。

そのグリフォンの今の名は、グリおじさんと言う。紆余曲折《うよきょくせつ》あり、カラカラの主人であるロアとも関わりを持っている。

あれなら、確かにカラカラが求めている能力を持っているだろう。

魔法と錬金術は求めるものは違えど根本は同じ。知識にも互換性《ごかんせい》がある。それに持っている魔力の量もカラカラに匹敵していて十分に役に立つ。指示をしなくても、自分で判断して行動できる。

だが、あの悪辣《あくらつ》グリフォンは性格に難があり過ぎる。このダンジョンに入り込んで来た時に少しの間だけ顔を合わせたことがある。その時の会話だけでも、カラカラと相容《あいい》れない性格だと判断できた。

むしろ、遠ざけないといけない存在だ。

〈寄生虫《きせいちゅう》め……〉

カラカラは短く最悪のグリフォンを罵る。

ロアの記憶も覗き見たが、あれはまったく役に立っていなかった。むしろ主人であるロアに迷惑をかけ、好き勝手に行動していた。いくら自分と等しい能力と知識を持っていても、あれを再び主人に近づけるなんてあり得ない。

〈でも、このままじゃ、本当にボクが潰れる〉

やはり、手が足りない。主人に要求される作業に間に合っていない。どんなに考えても、結局はそれが問題になる。

主人は今、この地下大迷宮《グレートダンジョン》に蓄えられた素材を片っ端から試している。どんな見知ったつまらない素材でも、自分の知っている地域の物との違いを確かめるために試作し続けていた。

作られる魔法薬も千差万別《せんさばんべつ》、様々だ。それこそ超位《ちょうい》の治癒魔法薬から、水虫の魔法薬や髪の色を変える魔法薬まで。さらには魔法薬ですらない普通の薬まで含まれていた。

そんな風に無差別に作り続けているのだから、補佐しているカラカラの作業も増え続けていくのは当然だ。

しかもカラカラから作り方を教えてもらったことで、主人は魔道具にも手を出し始めていた。ただそちらの方は、今のところ罠に限定されていた。

罠は、人間などの接近や何かの切っ掛けがあれば動作する。それもかなり単純な動作だ。これは魔道具用の魔法式を作る練習になる。それに、ダンジョン内に設置してすぐに動作試験ができる。

だがカラカラには、それだけが理由だとは思えなかった。

ひょっとしたら封印した冒険者としての記憶が、今も作用しているのではないだろうか？　魔獣を倒すための罠を無意識に作ろうとしているのではないか？　そう思えて、カラカラは心中穏やかではなかった。

そして、その魔道具の部品作りなどもカラカラに回って来ることもあって、カラカラの仕事は増える一方だ。

魔道具用の魔法式に慣れれば、さらに複雑な魔道具を作ろうとするだろう。そうなれば部品点数も増えていく。今のうちにどうにかしないと、本当にカラカラは忙しさから潰れてしまうだろう。

仕方がない……。

カラカラは覚悟を決める。暗く沈んでいた瞳に、炎のような光が宿った。

〈……やりたくないけど……〉

カラカラは拳を握り締める。主人に対しての非道な行為はやりたくない。しかし、自分の主人になってもらうために一度やってしまっている。一度も二度も同じだ。

カラカラはゆらりと椅子から立ち上がった。

そして焦点の合っていない目を一度虚空に向けると、歩き出す。向かうのは、主人であるロアの所だ。

カラカラはもちろん主人の位置を把握しており、その足取りは頼りないものだったが真っ直ぐと目的地に向かっていた。

「あれ、カラくん？　どうしたの？」

目的の部屋に入ると、椅子に座り背中を向けたままで主人が声を掛けて来た。

ここは錬金作業用の部屋だ。中断できない作業の途中なのだろう、ロアが手を止める様子はない。目を向けるどころか振り向きすらしなかったが、入って来たのがカラカラだと確信しているようだった。この部屋に入って来る者は限られているため、気配でカラカラだと判断したのだろう。

カラカラはゆっくりと、主人が向けている背中に近づいていく。

「ミスリルを持って来てくれたの？　そっちの棚に置いといて」

ロアは無警戒に背中を向けたまま、壁際の棚を指差した。

ああ、信用されている。……と、背中を向けたままの主人に対して心を揺さぶられる。だが、自分はこれから主人を裏切る行動をするのだと、カラカラは唇をきつく噛んだ。

そっと、ロアの肩に触れる。

〈ご主人様、申し訳ありません〉

「え？」

カラカラが固く震えた声を掛けると、ロアは異常を感じ取ったのか、やっと振り向いて見せた。

ロアは椅子に座っている。カラカラはかなり小柄だ。成人男性としては小柄な主人よりもさらに小さく、椅子に座っている状態で丁度ロアと目の高さが合うくらいだった。

自然と、一人と一匹は近い位置で見つめ合うこととなった。

驚きビクリと跳ねた主人の身体に、椅子が軋《きし》みを上げた。

カラカラの瞳に、七色の光が瞬く。まるで虹を溶かしたような不思議な光。その光は主人の瞳に反射し、光の渦を描く。

その光は記憶を操る魔法の証《あかし》。カラカラは再び主人の記憶に細工を加えるつもりなのだ。

〈記憶をください。もう私一人ではご主人様の要求には応えられません。だから、ご主人様の、多くの物を作りたいという情熱に繋がる記憶を……〉

「カラ……」

驚き見開いていた主人の目が、目蓋《まぶた》の重さに耐え切れないかのように細くなっていく。瞳から、意志の輝きが消えていく。

〈大丈夫です。一部……ほんの一部だけです。私はご主人様を傷付けません。安心してください〉

優しく言いながらも、カラカラの声は震えている。この行為が、正しくない行為だと自分でも理解しているのだろう。

だが、カラカラにはもう、この方法しかなかった。ロアの要求はカラカラの限界を超えていた。

ロアの目が、段々と閉じられていく。

〈次に目覚めた時には、ご主人様の要求と私たちの受け入れられる量の均衡が取れるようになっているはずです。貴方はもう、私に不満を感じることもなくなります〉

主人が不満を感じていた。……それは、カラカラの想像でしかない。要求された作業が手に負えなくなっているのだから、主人であるロアは不満を持っているはずだという思い込みだ。

実際のところ、ロアから不満の言葉を聞いたことはなかった。

〈さあ、少しの間、眠っていてください。全ては円満《えんまん》に解決します。私が保証しますよ〉

ついにロアの目が閉じられ、身体の力が抜ける。椅子にもたれかかり眠ってしまったロアの身体を、カラカラは優しく支えるのだった。


望郷とグリおじさんたちが冒険者ギルドに行っている間に、イヴとダースは迷宮地区《ダンジョンエリア》の市場を歩いていた。

望郷とグリおじさんたちは地下大迷宮《グレートダンジョン》に入る手続きのために直接冒険者ギルドに出向く必要があったが、二人は違う。

そのため、地下大迷宮《グレートダンジョン》に入る準備の、買い出しの一部を頼まれていた。

「不思議な場所だな」

興味深そうにあたりを見渡しながら、イヴが呟く。

迷宮地区《ダンジョンエリア》は地下大迷宮《グレートダンジョン》に入る冒険者のための街だった。

そのおかげで、他の街の市場と商品に大きな違いがある。その違和感に、イヴは不思議な場所だと言ったのだろう。

決定的に違うところは、食料品を売る店と並んで武器や防具を売っている部分だ。それ以外でも、保存食や携行食の取り扱いが異様に多い。

ほぼ敵国と言ってもいいアダドにいるというのに、彼女の服装は騎士服のままだ。この騎士服を見た者たちに、何か理由があってネレウスの騎士が来ていると思わせるのが目的だ。

疑問を持った者が街の噂を集め、自然と剣聖の隠し子が見極めのためにこの街に送り込まれたと知るだろう。知った者は、さらにその噂を広めるだろう。

わずかにイヴの身の安全に不安があるものの、ほぼ敵国と言っても戦争中ではない。納得できる理由があれば、一介の騎士にしか過ぎないイヴを傷付ける者もいない。嫌味を言ったり、嫌な顔をしたりする者はいるだろうがその程度だ。ダンジョン目当てに他国の冒険者が来ることも多く、この街は他国の人間に対しての許容範囲も広い。

「あの魔法薬はちゃんとしたものなのか？」

この街では、普通の街であれば商店で扱われるような魔法薬も露店《ろてん》で売られていた。値段も様々だ。

怪しげな雰囲気を醸《かも》し出しているが気にしている者はいない。店先に並ぶ魔法薬を、冒険者が普通に買って行く。

「いい加減な物を売れば、冒険者たちの命に関わるからね。正しく管理されてるよ。安価で効果が低い魔法薬も交ざってはいるが、そういった物は説明してから売るようになってる。金のない連中にはそれなりに重宝《ちょうほう》されているらしい」

イヴの呟きにダースは得意げに答える。自分の知識がイヴの役に立つのが嬉しいのだろう。始終ニコニコと笑みを浮かべていた。

イヴに敬語をやめてくれと言われてから普通に話すようになり、だいぶ口調も砕けて来ていた。むしろ騎士生活の長いイヴの方がまだ、口調が堅いくらいだ。

「そうなのか？」

「アダドは魔法薬の管理を徹底しているからな。騙して売るような真似をすれば、すぐに逮捕されるよ」

ダースの知識は軍で受けた教育と、皇子として執務に携わっていた時のものだ。特に街の管理に関わるようなことは、この街で生活している人間より詳《くわ》しい自信がある。

アダドは軍事国家。

戦闘に直接影響を与えるような商品に不備があると、国の運営にすら障《さわ》りがある。そのため、魔法薬や武器などの管理が厳しい。ダース自身も違法な取引の摘発《てきはつ》を指示したことがあった。

そんな国の中でもこの迷宮地区《ダンジョンエリア》は、国だけでなく冒険者ギルドも目を光らせていることもあって特に厳しく管理されている場所だった。

「…………まあ、我々には関係はないか」

高価な魔法薬が露店のような場所で売られていることに違和感を覚えるイヴであったが、それ以上追及《ついきゅう》することはなかった。そもそも今回の買い出しに魔法薬は含まれていない。気にする必要はない。

なんでも望郷のメンバーは使い切れないほど大量の、しかも多種多様の魔法薬を所持していて買う必要はないらしい。あの錬金術師の少年の恩恵なのだろうなと、イヴはその話を聞いた時に一人納得したのだった。

「そうだね。あ、あの角を曲がったとこに、目当ての店があるはず」

ダースの方は一介の冒険者パーティーが使い切れないほど魔法薬を所持していることに疑問を持っていても、詮索することはなかった。

一応、この旅の表向きの事情は、イヴからも聞いている。剣聖の隠し子を名乗る人物の見極めに、地下大迷宮《グレートダンジョン》へと入手困難な素材を採りに行かせるための旅だ。

イヴはその監視役だった。

だが、ダースも元皇子で、高度な教育を受けている。そんな事情を鵜呑《うの》みにしたりしない。それに何より、同行しているパーティーは怪しかった。とにかく怪し過ぎた。

それでも、ダースは気にしないことにした。今、大切なのは、イヴと一緒に行動できているということだけだ。しかも旅の仲間という、ずっと一緒にいられる関係で。

最近はぐっと距離も縮まってきた。無理に好意を押し付けるような真似をするつもりはないが、さらに親密になるための大事な時間だ。怪しげなパーティーなど気にしている場合ではない。

「ここだ！　この店!!」

「おお、ここが」

ダースが指示した角を曲がると、正面に大きな商店の建物が目に入った。そこは、携行食料を専門的に扱っている中でも最大手の商会が経営している店だった。

同行しているパーティーの黒鎧の男が好んで食べていた従魔用の乾燥餌の元となった物も、この商会が冒険者ギルドと協力して開発し、生産を引き受けている。

魔獣用の餌を好んで食べている男の神経はよく分からないが、あれを気に入っていたなら問題ないだろうと、ダースはこの店で買い出しすることを薦《すす》めたのだった。

ちなみにこの商会は軍との繋がりも強く商会長とダースは顔見知りだが、商会長が店頭に顔を出すことは滅多にない。それにたとえいたとしても、今の彼が第三皇子と同一人物だと気が付かれることはないだろう。

今のダースは皇子時代と違って顔は髭に覆われ、伸びた髪を適当にまとめているだけの暑苦しい見た目だ。服も清潔にはしているものの、以前着ていた高級品とはかけ離れている。

威厳を保つために常に背を反らさんばかりに胸を張っていた姿勢も、ここしばらく従事していた農作業で背中を丸める癖がついてしまった。同じく農作業で肌は健康的に日に焼けている。何より、傲慢な雰囲気が一切なく、鋭かった目も柔らかなものに変わっていた。

顔見知りどころか、親しくしていた人間であっても同一人物と気付くはずがない。ダース自身が自分自身を見て違和感を覚えるくらいだ。

何より、ダースは……アダドの第三皇子は死んだことになっているのだ。たとえ似ていると思ったとしても、生きてウロウロと出歩いているなど考えるはずがない。

ダースは警戒することもなく、イヴと共に商店の門を潜《くぐ》った。

「わぁ」

イヴが声を上げる。同時に、ダースも目を奪われた。

広い店の中に所狭しと並んでいる、携行食料と保存食。所々に持ち運ぶための鞄なども飾られている。壁面は商品が置かれた棚でびっしりと埋まっているが、圧迫感がないのは配置が良いおかげだろう。種類も多く、目移りしてしまう。

「ダース。これは……どれを選べばいいか迷うな……」

二人して辺りをキョロキョロと見渡しながら、呟く。

ダースもここの商会長と顔見知りとはいえ、商店がこのようになっているとは知らなかった。皇子時代は城に商品の見本を持ち込んでもらい、一部を味見する程度だったからだ。そういえば、季節ごとに新商品だと言っていくつかの品が持ち込まれていたなと、今更ながらに思い出した。

季節ごとに数個の新商品でも、長年積み重ねていけば、莫大な商品数になっているのは当然だ。

「味が良くて、腹持ちが良い物、だったな……」

顎《あご》に手を当て髭を触りながらダースは悩む。冒険者パーティーから出された指示は、味が良くて腹持ちが良い物を買っておいてくれという曖昧なものだ。指示された時はその内容で十分だと思っていたが、商品が色々あり過ぎて絞《しぼ》り切れそうにない。

「あ、あれは美味かった！」

ダースは目立つ棚の上にある商品を指差した。味見したことがある中でも、記憶に残っている商品だ。

「なるほど、人気商品とあるな。煎《い》った木の実や乾果《かんか》が入っているのか。しかし、女性に人気が高いとあるな」

「ああ、女性は一人だったな。肉類の物が良いかもしれないな」

「ダース。あの、魔猪《まちょ》の干し肉を固めた物はどうだろうか？」

「イヴ、魔猪は脂《あぶら》に独特の風味があるから、好みが分かれるだろう？　あ、これも美味かったな」

「これも木の実と乾果だな。なるほど、ダースはそういった物が好きなのか！」

「その……。あちらにある、胡桃《くるみ》の入った乾《かん》パンも美味かったぞ」

「また木の実！　ダースは本当に木の実が好きなのだな！」

二人は笑い合いながら、アレでもないコレでもないと、検討していく。

商品を選ぶのに熱が入り、いつしか二人の肩は触れ合う。さらに小さな携行食を見つめていた二人は、顔が密着しそうなほど近づいていていた。

「あのー。お客様？」

「「はい？」」

不意に声を掛けられ、二人の声が重なった。

「よろしければ、商品の説明をさせていただきますが、いかがでしょう？」

声を掛けて来たのは、店員だった。知らず知らず声が大きくなっていて注目を浴びたらしい。ただ、その表情は柔らかく、咎めるためというよりは親切心から声を掛けたようだった。

そして、ダースとイヴの二人は、自分たちの状態をやっと悟った。肩だけでなく、身体全体が今にも密着しそうな現状を。

「「あっ！」」

また声を重ねて叫びを上げると、二人して慌てて距離を空けた。

「し、失礼した！」

「せ、説明してくれ！」

誤魔化すように、また二人して同時に声を上げる。そしてお互いに一度見つめ合ってから、さっと目を逸らす。その顔は、どちらも真っ赤だ。

「お二人でご旅行ですか？　羨ましいですねぇ」

その様子を見て、店員は笑みを浮かべて言った。微笑ましいものを見たかのような表情で、明らかに何か勘違いをしている様子だ。

旅行と言ったのは、ここが携行食の店だからだろう。イヴはともかく、ダースがダンジョンに入るようには見えない。ダンジョンに入らない者がこの街で携行食を買い求めるとしたら、旅行の備えくらいだ。

そして、ダースとイヴは不思議そうにしばらく店員の顔を見つめてから、「羨ましい」と言われた理由を悟った。

「いや！　そんな！　私とダースはただの旅仲間で！」

「まだ、そういうのじゃない!!」

この世界では、魔獣や盗賊の危険があるため旅行は限られている。それでも、安全な地域や旅程を選べば、観光を楽しむための旅も可能だ。

そしてその中でも羨ましいと言われる旅と言えば、男女の仲を深めるための旅だろう。

店員はイヴの騎士服にも気が付かず、そういった旅の買い出しをしていると勘違いしたのだった。

二人はそのことに気付いて、恥ずかしさからしばらく店員とお互いの顔を見られなかった。

かたや、皇子。かたや、貴族の護衛を主な任務としていた瑠璃唐草《ネモフィラ》騎士団の騎士。どちらももう元とはいえ、以前は人の視線を極端に気にする立場だった。

昔であれば、何をしていても自分に視線を向けられれば、即座に気付いただろう。

しかし、今は違う。

保護されて農作業をしている平民と、有事以外は見回りが主な任務の田舎《いなか》騎士だ。解放されて、完全に気が緩んでいた。

店員たちの生温かい視線どころか、商店の奥から厳しい目で見つめる人間がいたことに気付けないほどに。


次の日。グリおじさんは、巨大な青銅《せいどう》の扉の前にいた。

ここは迷宮地区《ダンジョンエリア》にある冒険者ギルドのアダド本部。

そして、目の前にある巨大な扉は、アダド地下大迷宮《グレートダンジョン》の入り口だ。

ロアが誘拐されてから、すでに一か月以上。ここに来るまで長かった……。

しかし、まだ何も始まっていない。この扉を潜って、やっとロアの救出が始まる。

〈やはり、気に食わぬな……〉

グリおじさんは両開きの扉を上から下まで眺めてから、ポツリと呟いた。

巨大で分厚く重そうな青銅の扉には浮彫り彫刻《レリーフ》が施されていた。最初に目に入るのは、扉の外周を囲むように彫られているドラゴンだ。

ドラゴンは様々な姿をしている。

一般的な姿はトカゲのようなものだが、海竜を思い出せば分かるように、住んでいる環境や必要な能力に合わせて姿を変える。これはドラゴンがこの世の生き物の全ての性質を兼ね備え、引き出ことができるためだと言われていた。

そして、今日の前にある扉に彫られているのも、通常とは違う。蛇のように長いドラゴンだ。トカゲ型のドラゴンのように牙《きば》の並んだ厳《いか》つい顔と鋭い爪《つめ》のある四肢《しし》を持っているが、胴体だけが異様に長い。そして、背に翼がなかった。

この姿のドラゴンは、この世界では唯一無二。青銅のレリーフでなければ、きっと青い色に塗られているところだろう。

神獣ドラゴン。

かつて勇者と賢者に協力し、魔王を退《しりぞ》けたとされる存在だ。翼もなしに空を飛び、雲を纏って水を操り、戦火で焼けた木々を再生する。

まさに神と呼ばれるに等しい能力を持ったドラゴンだった。

グリおじさんは忌々《いまいま》しげにドラゴンのレリーフを見つめてから、その周囲に目を向ける。ドラゴンの周囲には、翅《はね》を持った魔獣の姿が彫られていた。

〈羽虫が！〉

グリおじさんはそれらを見つめながら、恨みを込めた言葉を吐き出した。

翅を持った魔獣は、妖精である。人型の背に薄い昆虫のような翅。妖精と言われれば人々が思い浮かべる、典型的な姿だ。一見可憐《かれん》にも見えるが、妖しさを含んでいる。

入り口の扉に妖精のレリーフがあることは、地下大迷宮《ここ》が妖精王の縄張りであることを示していた。

もっとも今の時代では、そのことは冒険者には知られていない。知っていても、このレリーフを見て迷宮主《ダンジョンマスター》が妖精ではないかと予測している程度だ。

記憶を操る魔法を使う妖精たちの仕業なのか、それともアダド帝国の上層部が意図的に隠しているのかは分からない。ただ、地下大迷宮《グレートダンジョン》は皇帝から冒険者ギルドが管理を委託され、無限に湧いて来る魔獣を倒し素材を得るための場所だと認識されているようだった。

グリおじさんは、さらに扉を睨みつける。

この扉は、地下大迷宮《グレートダンジョン》の一部。古代遺跡の能力により、グリおじさんの魔法であっても容易に壊すことはできない忌々しい存在だ。

しかも、入り口は一方通行で、この扉から外に出ることはできない。

ダンジョンの出口も別に準備されており、そちらもまた一方通行だ。古代の魔法で制限されており、たとえグリおじさんであってもその定めを破ることは不可能だった。

自分がかけられた魔法を突破することもできない器物……。神獣と妖精が彫られたレリーフと共に、その事実もグリおじさんを苛立たせる。知らず知らずのうちに、見つめる視線は厳しくなり、目つきも悪くなっていった。

「何だよ、まだ勝手に従魔登録したことを怒ってるのかよ？」

グリおじさんが扉を睨んでいると、同じく扉の前に立っている黒い鎧姿のディートリヒが声を掛けて来た。

今、グリおじさんと共に扉の前にいるのは、望郷のメンバーと双子《ルーとフィー》の魔狼だ。

旅に同行していたイヴとダースは冒険者ではないため、ダンジョンには入れない。グリおじさんたちがダンジョンから出て来るまで、もしもの場合に備えてアダドの情勢などの情報収集をして過ごす予定だった。

扉の前は、二重扉の部屋となっている。前後に扉があるだけの、石壁で囲まれた密閉空間だ。これから入る冒険者パーティー以外は誰も立ち入れないようになっている。

過去に初心者パーティーの後ろを追いかけ、彼らを殺害して武器や魔法薬、金品などを強奪する初心者狩りが横行したらしい。

そのため簡単に後を追いかけられないように、この二重扉の部屋を後付けで設《もう》けて、ダンジョンに入る間隔《かんかく》を調整しているのだった。

おかげでディートリヒが普通にグリおじさんに話しかけても、怪しむ者はいない。

〈怒ってなどおらぬ。不快に感じているだけだ〉

グリおじさんは事実だけを伝える。

グリおじさんは、ディートリヒが自分が不快に感じている理由を勘違いしていることに気が付いた。

グリおじさんはあくまで扉のレリーフの図柄を不快に感じていただけだ。だが、ディートリヒは従魔登録のことを言っていた。

だが、それについても不快に感じているのは事実なため、グリおじさんは勘違いを正すことなく放置することにした。

「勝手に従魔登録したことは悪いと思うけどな、登録しないとダンジョンの中に入れないんだから仕方ないだろう？」

グリおじさんは、この扉のある二重扉の部屋に入る少し前、ほんの少しだけ望郷のメンバーに向かって不満を漏らした。思わず雷の魔法で床を焦がした程度の、些細《ささい》な不満だ。

グリおじさんは終わったことは仕方ないと忘れることにしたが、ディートリヒはまだそのことを引きずっているらしい。なおも機嫌を直せと話しかけて来る。

不満の理由はディートリヒの言葉通り、冒険者ギルドへの従魔登録のことだった。

魔獣であるグリおじさんたちが地下大迷宮《グレートダンジョン》に入るためには、冒険者の従魔として登録されていることが必須になる。登録をしていなければ目の前にある扉の機能によって弾かれ、中に入ることができないのだ。

そのため、従魔として登録する相手を決めなければいけなかったのだが、グリおじさんはそれをずっと拒絶していた。たとえ手続き上だけのこととはいえ、ロア以外の従魔として扱われるのが耐えられなかった。

ちなみに、双子はそういった人間社会の取り決めはどうでも良いと思っているらしく、好きにすればいいと素直に受け入れていた。

そしてこの街に到着し、昨日地下大迷宮《グレートダンジョン》に入るための手続きをするにあたって、グリおじさんの判断を待っていられないからと勝手に登録されてしまったのである。

そして今日、グリおじさんはそのことを知ったのだ。

従魔たちの主人として登録されていたのは、ディートリヒだった。


〈…………〉

グリおじさんは無言でディートリヒを見る。ディートリヒの背後では、望郷のメンバーが若干怯えたような、心配げな表情を浮かべて立っていた。いずれも偽装中のため本来の姿とは違うが、表情や仕草は忠実に再現されている。

人間は高位の魔獣に対しては、他のメンバーのように怯えの表情を見せるのが普通だろう。平然として、むしろ笑っているディートリヒの存在がグリおじさんは不愉快だった。

「いい加減、機嫌を直せよ。それにあんた、以前いたパーティーではロア以外のやつを主人にして登録してたんだろう？　一緒だろう？」

確かに、グリおじさんはロアが追放されるまで、勇者パーティーだった『暁《あかつき》の光《ひかり》』という冒険者パーティーのメンバーの従魔として冒険者ギルドに登録していた。

だが、それが何だというのだろう？　今の話には関係ない。

〈……あれは、我が小僧と共にいるために利用していただけだ。状況が違うであろうが？〉

暁の光に従っていたのは、ロアの希望を叶えるため。あくまでロアの望みに沿うように考えて、利用していただけだ。所詮は目的のための道具でしかなかった。

グリおじさんの言葉を聞き、望郷のメンバーは困惑の表情を浮かべた。言っている意味が分からないといった様子だ。だが、ディートリヒだけがすぐに苦笑を漏らした。

「……ああ、オレたちを利用する気がないってことか？」

〈そんなことは言っておらぬ!!〉

ニヤニヤと笑みを浮かべながら言うディートリヒに苛立ち、グリおじさんは叫んだ。

「オレたちは利用する相手じゃなくて、対等な協力者だってよ」

ディートリヒは背後を振り返り、他のメンバーに言う。その姿がさらにグリおじさんを苛立たせた。

〈勝手な解釈《かいしゃく》をするな!!　利用する価値もないだけだ！　そんな妄言《もうげん》を垂れ流す時間があるなら、

早く扉を開けるがいい！〉

「はいはい」

軽い口調で返すディートリヒから目を逸らし、グリおじさんは再び巨大な扉へと向き直った。望郷のメンバーはそれぞれに冒険者ギルドのギルド証を取り出して、扉に向かって差し出す。

どのような構造になっているのか、グリおじさんにも分からない。だが、ギルド証を差し出された扉は、薄く魔力を纏い始めた。

そしてその魔力が淡《あわ》い光となり扉全体が輝いた時、扉が左右に開き始めた。重い物を引きずる音を立てて、自動で扉が開いていく。

扉の隙間が三十センチほど開いた時。

〈〈行く！〉〉

短く言って動いたのは双子《ルーとフィー》の魔狼だった。二匹は駆け出すと、扉の隙間をするりと抜けてダンジョンの中へと入っていく。

「おい！　待て‼」

ディートリヒが止めるのも聞かず、勢いを緩めることなくダンジョンへと消えていった。

〈ルーとフィーも、小僧から離れて鬱憤《うっぷん》を溜めておったのだ。許してやれ〉

グリおじさんは予測していたのか、慌てることもなく言った。

「だが！」

〈なに、どうせ、貴様らの同行なしには十層より下には降りられぬ。その間にいるのはザコばかりだ。何も問題ないであろう〉

「……」

そこまで言われれば反論の余地はないと、ディートリヒは押し黙った。

地下大迷宮《グレートダンジョン》については、全員が予習済みだ。地下大迷宮《グレートダンジョン》は十層刻みで区切られており、その度にこの入り口と同じような扉が設けられている。

冒険者はギルド証で認識されることで扉を開けて、さらに下へと移動できるが、魔獣は冒険者の同行なしには移動できない。

これは、冒険者や連れている従魔に対しての対策ではなく、ダンジョンに潜んでいる魔獣の移動を制限するための処置だ。十層ごとに区切ることで、冒険者たちが戦う魔獣の強さを調整しているのだった。

〈さて、我らも行くぞ。最初の方はザコばかりで罠もないが、油断をするなよ。貴様らはルーとフィーと違って、弱いのだからな〉

一言多い言葉を吐きつつ、グリおじさんは歩き出す。

扉を潜れば地下大迷宮《グレートダンジョン》の中だ。ロアを救出するための戦いが始まる。

クリストフは、地下大迷宮《グレートダンジョン》へ繋がる扉の前に立って、それが開く様を見上げていた。

自動で開く扉というのは、珍しくない。金と手間を惜しまなければ、一般人でも手にできる魔道具と言ってもいいだろう。これほどまでに大規模なのは珍しいが、珍しい程度だ。だが、この扉は普通にある自動で開く扉とは違っていた。

クリストフは、扉に向けて差し出している自分のギルド証に目を向ける。

冒険者ギルドのギルド証は、ただの金属の板だったはずだ。紐《ひも》を通して首からかけられるようになっている、何の変哲もない手に入りやすい金属で作られた板だ。表面に冒険者の個人情報が刻まれているだけで、それ以外に特徴はないはずだった。

なのに、その何の変哲もない金属板に扉は反応して開いた。しかも、事前にダンジョンに入る申請をした人間のギルド証を見分けているらしい。

……………ギルド証自体に、何か怪しげな魔法でもかかってるんじゃないんだろうな？　つい、そう考えてしまい、魔法に詳しいベルンハルトに目を向けてしまった。

ベルンハルトは扉に近づいて、手で撫で回して近距離で観察している。目は好奇心から輝いているが、珍しい魔法を見た時のように取り乱してはいない。所詮は魔道具。彼の興味の対象からは少しズレているのだろう。

ベルンハルトはクリストフの視線に気付くと、首を軽く横に振った。

「……」

そして、無言で扉の方を指差して見せる。クリストフが視線を向けた理由を……何を尋ねたかったのかを、察したのだろう。その動作で、ギルド証に仕掛けがあるのではなく扉の方にあると示したのだった。

クリストフもそのことをすぐに察して、無言で頷き返した。言葉を交わさなくてもお互いが何を考えているか察してやり取りできるのは、さすがは長年苦楽《くらく》を共にした仲間だ。

「いくぞ！」

「「「応っ！」」」

扉が完全に開き切ったところで、ディートリヒが檄《げき》を飛ばし、望郷のメンバー全員が答えた。グリおじさんはそんな望郷のやり取りを無視し、先に扉を潜っている。協調性がないやつだと、クリストフは内心で毒づいた。

望郷のメンバーが扉を潜ると、そこは扉とほぼ同じ幅と高さの通路になっていた。石を組んで作られていて、天井部分が淡く光って中を照らしていた。魔道具の光なのだろうが、誰が管理しているのだろう？

歩く度に、石に囲まれた周囲に足音が大きく反響する。その響く音が魔獣を引き寄せてしまうのではないかと思い、クリストフは索敵《さくてき》の魔法を使った。

〈魔獣は来ぬぞ、小心者。後々《のちのち》に備えて魔力は温存しておけ〉

索敵の魔法を使うと同時に、グリおじさんの声が飛ぶ。

〈少し後ずさりしてみろ〉

クリストフは小心者と言われて少し気分を害したが、言われた通りに少し後ずさりをしてみた。

途端に、背後に抵抗を感じる。さらに下がろうとしてみたが、それ以上は後ろに進めない。まるで巨大な何かが後ろから押しているような感覚がある。それでいて腕を前後に振るとか、後ろを振り向くなどの簡単な動作はできるのだから不思議だ。

「お、面白いな」

同じように試してみたのだろう、ディートリヒの呑気な声が聞こえた。

〈この通路は一方通行だ。ダンジョンの中から外に向かっては進めぬようになっている。魔獣がこの通路に入って来ることはないから安心するがいい〉

「……へぇ、冒険者ギルドで聞いたのは本当だったんだな。どういう仕組みなんだ？」

〈…………〉

ディートリヒが質問を投げ掛けたが、グリおじさんはそっと目を逸らしてしまった。つまり、グリおじさんにも分からないということだ。我が儘《わがまま》グリフォンはどうでも良いことはよく話すくせに、都合が悪くなると何も話してくれない。

グリおじさんが答えもせずに再び歩き始めたので、望郷のメンバーもその後を追った。

クリストフたちも、この一方通行の通路については冒険者ギルドから説明を受けていた。冒険者ギルドからの説明では、この通路も地下大迷宮《グレートダンジョン》の一部で、太古《たいこ》の魔道具によって出入りを制御《せいぎょ》されているらしい。それ以上の説明がなかったので、ギルドの方も仕組みは分かっていないのだろう。ギルドにもグリおじさんにも分からないことなら自分には分かるはずがないと、クリストフは考えるのを諦めた。

それと同時に、ロアのことを思い浮かべる。ロアならこんな不思議な現象を見たら興奮して調べずにはいられないだろう。そして、必死になって調べて考えて、少なからず答えに近い理屈を導き出すに違いない。

ロアが歩き回って調べる姿を想像して、クリストフが苦笑を浮かべた時。

先を歩くグリおじさんに変化が生じた。

〈……ふむ、ここまでか〉

グリおじさんが、興味深そうに呟く。目を細めて思慮している姿は、新しい発見をした学者のようだ。

変化……と言うには少し違う。正しくは、元に戻ってしまったのだ。グリおじさんだけではなく、ここにいる全員が。

この瞬間まで、グリおじさんと望郷のメンバーは、魔道石像《ヴァル》の幻惑魔法で姿を偽装していた。それが掻き消えて、元の姿に戻っていた。

つまりそれは、ヴァルの魔法が消えたことを示していた。

「やっぱり、ついて来れなかったんだな？」

〈ああ、扉の所で止められておったな。後退できないのと同じような力が働き、中に入って来られないらしい。忌々しい〉

ディートリヒの言葉に、グリおじさんは前足で地面を蹴って答えた。

ヴァルは冒険者ギルドに従魔登録できない。本来の魔道石像《ガーゴイル》は魔獣といえど、古代遺跡に設置されている半魔道具である。今まで外に連れ出したという記録はなく、魔道具なのだから魔獣を従える従属の首輪も効果がない。それを従魔登録しようとしたところで、いらぬ騒ぎを引き起こすだけで結局は拒否されるだけだろう。

だから、最初から従魔の登録は諦め、姿を消したままで同行させていた。

実のところ、ヴァルは、姿を隠したまま扉の前まで……つまりは二重扉の部屋の中までは同行することができていた。このまま上手くいけばダンジョンの中まで同行できるのではないかと期待していたのだが、やはり不可能だったようだ。

しかし……。

「やけに魔法の範囲が狭くないか？」

気付いた疑問を、クリストフは口に出す。まだ扉から十メートルも歩いていない。今までなら、ヴァルの幻惑魔法はもっと遠くでも届いていたはずだ。

〈我からの魔力の供給が断たれたのだろうな。この通路は、魔力すら逆行を許さぬようだ〉

グリおじさんの話では、本来の魔道石像《ガーゴイル》はそれほど強い魔力を持っているわけではないらしい。せいぜい、幻惑魔法なら数メートルの範囲、反射《リフレクト》魔法なら普通の魔術師の魔法を撥《は》ね返せる程度だとか。それも回数制限付きだ。

ならばなぜ、あれほどまでに強力な魔法を使えていたのか？

それは、古代遺跡に接続して魔力を受け取っていたからである。本来の魔道石像《ガーゴイル》は、古代遺跡の中で活動することを前提に作られた、付属物に過ぎないのだった。

その魔道石像《ガーゴイル》を改造して作り替えられたヴァルも、当然ながら同様の性質を持っている。

今のヴァルの魔力の供給元は、グリおじさんか、その主であるロアだ。だからこそ、ヴァルは古代遺跡から離れても、強力な魔法を使いながら活動できていたのだった。

クリストフは、古代遺跡からの供給と同等の魔力を与えられるとかどんなバケモノだよ……と思ったが、性悪グリフォンにとってはそれほど難しいことではないのだろう。

そして今、ヴァルは扉によって、グリおじさんから引き離されてしまった。グリおじさんからの魔力の供給すら断たれてしまったことで、本来の単体で持っている能力しか使えなくなってしまった。

だから、魔法の範囲が狭いのは仕方ないことだ。

「まあ、こうやってダンジョンの中に入れたんだから、もう偽装は必要ないよな。みんなの顔が見れないのは、落ち着かなかったんだよ」

そう言って笑うのは、唯一偽装をしていなかったディートリヒだ。彼は黒鎧を着込んでいるだけなので、ヴァルの幻惑魔法が解けても見た目は変わっていない。

ディートリヒの言葉通り、偽装は揉め事を起こさずダンジョンに入るための手段に過ぎない。入ってしまえば、解けたところで問題はない。

むしろ、ずっと仲間の見た目が違うことに違和感を覚え続けていたので、偽装している方が今後悪影響を与えかねないほどだ。

ヴァルが離れたことで、身を守ってくれる反射魔法《リフレクト》がなくなるのは残念だが、今までそんなものに頼らずやってこられたのだから問題ないだろう。

ディートリヒも偽装は終わりだと示すように、頭を覆っていた兜を脱いで、ベルンハルトに向かって投げ渡す。ベルンハルトはその行動を予測していたのか、持っている魔法の鞄《マジックバッグ》の口を大きく開くと直接中へと受け入れた。

「そうね、やっと落ち着いたわ」

「……同じく……」

コルネリアとベルンハルトが同意する。

二人は偽装によって性別まで偽らされていた。コルネリアは言動を男っぽい感じに変えていたし、ベルンハルトはやけに煽情的な女性の見た目を隠すのに必死だった。元の見た目に戻れて、ホッと安堵の息を吐く。

クリストフはというと、実のところ偽装していてもほとんど何も変わっていないし苦労もしていない。解けたんだなと思うだけで、意識は別のことに向けられる。

ヴァルは扉から先に進めなかった。クリストフはそのことが気にかかる。

その事実から、やはり扉そのものが魔道具であり、何らかの手段で個別にダンジョンに入る存在を識別《しきべつ》していることになる。

識別をする魔道具……。

少し考えて、クリストフはやっと一つの道具を思い出した。

「……鑑定の魔道具か……」

偽装が解けたことに喜んでいる他のメンバーの耳には、小さな呟きは届かなかった。

鑑定の魔道具は、商人ギルドが作成方法《レシピ》を隠匿《いんとく》している魔道具だ。

長年商人など多くの人間が利用しているが、未だに商人ギルド以外には作成方法《レシピ》の一部すら流出していない。商人ギルドが抱えている、秘密中の秘密だ。

鑑定の魔道具は、それを通して対象物を見ると、世界のどこかにある全知の木の記憶《アカシックレコード》と照らし合わせて対象物の情報を教えてくれる魔道具だ。

全知の木の記憶《アカシックレコード》の元となる、全知の木《アカーシャ》という物を誰も目にしたことはないが、確かにあるのだろう。実在の木ではないのかもしれないが、それに類する物が。

商人のコラルドが鑑定の魔道具を使っているところを見たことがあるし、その鑑定結果も正しいものだった。それにロアも低レベルの物ながらコラルドから譲り受けて所持していた。

もっとも、ロアは「たまに怪しげな結果が出て来るので、自分で調べた方が安心できますよね」などと言って、あまり信用していなかったようだが。

もし、あの扉が鑑定の魔道具と同じような機能を持っているとしたら……。このダンジョン……地下大迷宮《グレートダンジョン》の迷宮主《ダンジョンマスター》である妖精王と、商人ギルドは繋がっているのではないか？

そして、このダンジョンの最深部の、誰も訪れた者がいない場所に、ひょっとしたら全知の木《アカーシャ》が……。

……そこまで想像してから、クリストフは背筋に冷たい物を感じて、それ以上は考えるのをやめた。嫌な考えに至ってしまった。胸が早鐘《はやがね》を打ち始める。

教会が作成方法《レシピ》を隠匿している聖水《せいすい》に始まり、ロアと関わるようになってから知ってはいけない秘密に接する機会が多過ぎる。これ以上、命が危うくなるような秘密を知りたくない……。

どこぞの性悪ウサギに『苦労人』などと呼ばれてしまったが、クリストフに自分から苦労をしょい込む趣味はない。厄介事からは、できるだけ遠ざかりたい。

憶測《おくそく》でも、厄介事からは離れたい。

「それで、扉の所で足止めを食らったヴァルはどうするんだ？」

〈我らについて来れなかったら、流されやすい男とチョロい女騎士の所に向かうように言ってある。我から魔力を受け取れないヴァルでも、やつらを守る程度の役には立つだろうからな〉

「流されやすい男って……チョロい女騎士はイヴだろうから、ダースのこと？」

ディートリヒとコルネリアが、グリおじさんと話している。クリストフはその声に耳を傾けながら、そっと息を吐いて呼吸を整える。思い付きに動揺した気持ちを落ち着かせないといけない。

気付かれて、何に動揺しているのかと問い詰められたら面倒だ。特に、性悪グリフォンに。

〈あの男は流されまくっていたであろう？　皇子の時は傲慢で偉そうに、落ちぶれたら惨めで卑屈に、救われたら救い主の女を慕い惚れて下男《げなん》のように尽くす。見事にその立場に合うような、周りの人間がそうあるべきだと望む性格を演じておるではないか〉

グリおじさんは、相変わらず好き勝手を言っている。グリおじさんどころか誰も、ダースが落ちぶれていた時の姿は見ていない。なのに、見ていたかのように言うのだから質《たち》が悪い。

だが、まあ、グリおじさんの言っていることは当たっている気がする。実際に皇子時代に顔を合わせたことのあるクリストフから見ても、元第三皇子《ダース》の変わりようは異常だ。

しかし、場面に合わせて演じていると言われれば納得もいく。たぶん、ダース本人もそんな意識はないのだろう。自然過ぎることから、無意識でやっているに違いない。

そんなことを考えて、クリストフは頭から先ほどまで考えていたことを追い出そうとした。

「あー、そう言われると、確かに。妙に適応能力が高いと思ってたのよね。クリストフたちから聞いてた話とは、別の人間みたいだし」

〈元々周囲の人間の望むように、操りやすいように育てられたのだろうな〉

「そう聞くと、ちょっと可哀《かわい》そうだな」

ディートリヒの言葉に、クリストフは少し苛立つ。自分とロアを殺そうとした人間に同情するなと言いたくなった。

そのことに気を取られたおかげで、余計なことがやっと頭から消えてくれて気持ちが落ち着いた。

平静を装うことにも、成功したようだ。誰にも気付かれていない。

〈なに、チョロい女騎士も流されやすい性分だからな、実に似合いの番《つがい》だ！　やつらも幸せであろう！　あれらは、利用し甲斐があるぞ。良い駒《こま》になる。だから、ヴァルに守らせることにしたのだ！　今後のことを考えてな。ふふふ……〉

グリおじさんは凶悪な笑みを浮かべながら笑う。

やはり性悪グリフォンは信用ならない。特に歯止めとなるロアがいない今は。……そう考えて、クリストフは改めて気を引き締める。

「先が見えて来たな。……って、すごいな……」

しばらく歩くと、通路の先が見えて来た。それを目にしたディートリヒが感嘆の声を上げる。

通路が途切れた先にあったのは、大洞窟。

通路など比べ物にならない、自然に作られた巨大な地下の空間が広がっていたのだった。

〈〈行く！〉〉

短く声を掛けて、双子《ルーとフィー》の魔狼はダンジョンへと飛び込んだ。

そのまま一気に駆ける。

ダンジョンの入り口の扉を抜けた先は人工の通路となっていたが、気にせずに走り抜けた。

〈ルーとフィーも、小僧から離れて鬱憤を溜めておったのだ。許してやれ〉

通路を抜けようとしている時に、遥か後ろからそんな声が聞こえた。

離れていても聞こえるということは、グリおじさんがわざと双子に聞かせているのだろう。二匹だけで先行することは暴挙だが、叱らないから好きにすれば良いと暗《あん》に伝えているのだ。

〈子供あつかいしてる！〉

〈ウザい!!〉

余計なお世話だと、過保護なグリおじさんに双子は苛立った。

そもそも、双子は鬱憤など溜めてはいない。憂さ晴らしのためにダンジョンに飛び込んだわけでもない。双子は目的を持って、行動している。

〈広い！〉

〈ちょうどいい!!〉

通路を抜けた先は、見たこともないくらい広い洞窟だった。大空洞と言ってもいい。所々に石が溶けて固まった柱のような物が立って視界を遮っているが、一つの巨大な空間だ。

見渡しても全てを視界に収めることができず、小さな城くらいはすっぽりと入ってしまいそうなほど広さがあった。

氷柱《つらら》のような尖《とが》った石が垂れ下がっている天井も高く、双子が全力で跳び上がっても届かないだろう。空を飛ぶ敵が出て来たらちょっと厄介だなと、双子が考えたほどだ。

その天井は、通路と同じく淡く光って周囲を照らしていた。外よりも少し暗いが、人間でも行動に支障が出るほどではない。その光で育ったのか、ごつごつとした岩場のような足元には所々に草が生えていた。よく見ると薬草の一種のようだが、採取する気はない。

双子には、ここでやらないといけない大切なことがある。

グリおじさんの話では、こういった大空洞が地下十層まで続くそうだ。この空間は、曰く、初心者用ということだった。

地下世界の圧迫感も少なく、視界も確保されているため誰でも違和感なく行動できる。ここで感覚を慣らし、十一層から下の本当の、ダンジョンという名に相応しい場所に挑むのだ。

実に質《たち》が悪いと、双子は思う。徐々に感覚を慣らしたりせずに、いきなり本当のダンジョンに入れば人間は戸惑い恐怖を感じるだろう。そして自分の無力さを感じて引き返したはずだ。

しかし、この大空洞があることで人間たちはダンジョンの環境に慣らされ、先に進むことができてしまう。ここはダンジョンへの恐怖を取り除き、地獄へと導くための罠の一つだった。

ここの主である妖精王は、かなり性格が悪いらしい。

〈じゃあ！〉

〈後で!!〉

大空洞に入ると同時に、双子は二手に分かれた。壁面に沿って全力で突き進む。そのまましばらく走ると、双子は互いを視認できなくなるほどの距離を空けて立ち止まった。

二匹は正確に同時に止まっていた。どれだけ距離が開こうが、遮る物があろうが、双子には関係ない。

双子の心は強く繋がっている。どこでも互いの心を感じられる。それは従魔契約よりも遥かに強い繋がりだ。何者も邪魔することはできない。

「「ウォオオオ……」」

双子は四本の足で地面をしっかりと踏みしめると、ゆっくりと唸りを上げた。その声は、完全に同期していた。

「「オオオオオオオォォォ……」」

深く長く。地の底を這うような唸り声が大空洞へと響き渡る。やがてその声に、風切り音のような音が混ざり始め……。

ついには、喉から発せられる音が途切れた。だが、双子の喉は震え、息は吐き出され続けている。

大空洞の空気も揺れていた。

〈もうちょっと！〉

〈イルカの人が言ってたみたいに！〉

双子の唸りは、人間には聞き取ることができない音の領域に入っていた。

音とは、振動である。空気から伝わる振動を、耳の中の鼓膜《こまく》が拾って音として認識される。

音として認識できる振動の範囲は生き物によって様々。魔狼は人間よりも遥かに広い範囲の音を聞き取ることができた。

そして、その魔狼よりもさらに広い範囲の音を聞き分け、利用している者たちがいた。

双子がそのことを知ったのは、ロアが誘拐された後のことだった……。

ロアが誘拐された直後。双子は自分たちが何もできなかったことを悲しみ、落ち込んだ。

だが、それも一日ほど。

落ち込んで、泣き疲れて眠りについた後は、すぐに気持ちを切り替えた。いつまでも子供のように泣いていられないと、歯を食いしばって気持ちを抑え込んだ。

ロアを、助けなければいけない。そう思った二匹は、必死に今の自分たちができること考えた。

二匹が本気で考え、相談する時は言葉を交わさない。互いの心を理解できる双子に、本来、言葉は必要ないからだ。むしろ、言葉に置き換えることで無駄が生じてしまう。

無言で寄り添い思考する姿は、グリおじさんや望郷のメンバーにはまだ落ち込んでいるように見えたらしい。やたらと慰めの言葉を掛けられたが、考えることに忙しい双子は無視をした。

ロアの居場所は、グリおじさんやあの気味の悪い女王が特定してくれるだろう。

ならば、双子に必要なのはその場所からロアを救い出す手段だ。

なんでもロアを誘拐したのは妖精王と呼ばれる最高位の妖精らしい。双子も妖精については少しだけ知っていたし、ロアが誘拐されてからグリおじさんの話を聞いて学んだ。

妖精は本能で記憶と空間を操る魔法を使うそうだ。普通の妖精であれば一時的な記憶の混乱と、少しの間だけ姿を隠す程度しか使えないが、妖精王は違うらしい。

他人の記憶を書き換え、別の空間を生み出して自由に行き来し、遠方へも瞬時に移動できるらしい。しかも、攻撃魔法もグリおじさんと同じくらいに使えるとか……。

今の双子の魔狼《ルーとフィー》に、それに対処できる方法はない。正面から戦っても、勝てる見込みはない。まず、別の空間にいる相手に手出しができない。たとえ同じ場にいたとしても、瞬間移動に対応できない。

残念ながら、今の双子は無力だった。

今の双子は、大人の姿になることもできない。ロアが誘拐されてから、従魔契約で繋がった魔力回廊は封じられている。妖精王がロアを別の空間に閉じ込めるなどして、邪魔をしているのだろう。

望郷のメンバーと言葉を交わせていることから、完全に切れてしまったわけではないのは分かっている。だが、魔力回廊を通して受けていた恩恵はほぼ失われていた。

ピョンちゃんとかいう鬱陶《うっとう》しいウサギの声が聞こえなくなったのはありがたいが、非常時にグリおじさんの魔力を使わせてもらうこともできなくなっていた。

そして、今は他者から魔力を集めていた簡易下僕紋の効果も、完全に消えてしまっていた。

集められる魔力は、正式な下僕紋を付けた相手からのみ。ディートリヒと、カールハインツとその部下たちしかいない。街中ならともかく、ダンジョンの中では、前のように簡易下僕紋を付けまくって魔力を集めることも不可能だ。

今の少ない魔力でできること。それを、双子《ルーとフィー》の魔狼は必死に考えた。

そんな中。

双子は、自分たちの中に細い繋がりが残っていることに気が付いた。ロアとの魔力回廊に比べれば、糸のように細い繋がり。ロアと繋がっていたなら、その陰に隠れてしまって絶対に気付けなかったほどの、消え去りそうな魔力の道。

双子は探るように、その繋がりを確かめる。

すると、その先に存在していたのは、イルカの魔獣たちだった。

双子は驚いた。

ネレウス近海の海底火山が噴火した時、確かにイルカの魔獣たちは魔力を貸してくれた。海竜がいない時は、魔力を貸してくれると約束してくれた。

ただ、それも、ロアが誘拐され魔力回廊が封じられた時に不可能になった……はずだった。

あの時、イルカの魔獣が双子に魔力を貸せたのも、ロアとの魔力回廊があったから。イルカの魔獣は海竜の眷属《けんぞく》。海竜に従っていて、繋がっている。つまり、ロアの従魔となった海竜を経由して、間接的に繋がっていたからこそだった。

そういう風に、双子は思っていた。

なのに、どうして今でも繋がっているのか？　その疑問をイルカの魔獣に問い掛けてみたが、返って来た答えは〈ワカラナイ〉というものだった。

これは……双子の推測が間違っていたのかもしれない。

なにせ、イルカの魔獣があの時言った言葉は、〈イットキノ　チュウセイヲ！〉だったのだから。あの言葉が、正式な下僕紋よりは弱いが、簡易下僕紋より強い、曖昧な繋がりを作っていたのかもしれない。今でも双子とイルカの魔獣に繋がりが残っていることから、そうとしか思えなかった。

これは朗報だと双子は思ったものの、細い繋がりでは満足に魔力を受け取ることもできない。

この繋がりを太くできれば、あの時のように大量の魔力を受け取れるかもしれないが、そのためには元となる双子自身の魔力をもっと増やさないといけない。魔力を手に入れるためには魔力が必要という、実に歯がゆい状態に頭を抱えた。

できることと言ったら、ちょっとした会話ぐらいなものだろう。仕方がなしに、双子はイルカの魔獣たちに役に立つ知識がないか相談をしてみることにした。

イルカの魔獣たちの知識は、海での戦いに特化していた。魔法の知識もあったが、グリおじさんに比べれば遥かに少なかった。

陸での戦いに特化してグリおじさんから教えを受けた双子には、役に立たない知識ばっかりだった。

しかしそれでも、その中で唯一双子の興味を引く知識が存在していた。

それが、今、双子が試そうとしているものだ。

「「…………」」

人間には聞こえない唸り声が、大洞窟に満ちている。

〈えこー〉

〈ろけーしょん!!〉

口では唸りを上げたまま、頭の中で双子は叫ぶ。

反響定位《エコーロケーション》。それが、双子がイルカの魔獣から教えてもらった知識の正体だ。

エコーロケーションとは、イルカやクジラなどが人間には聞き取れない領域の声を出し、反響させて周囲を調べる技術のことだ。跳ね返って来た音の違いを聞き分けて判断するため、イルカの魔獣や魔狼のように耳が良くないと使えない。

イルカの魔獣は、それに魔力を乗せて、さらに強力なものにして使用していた。

声に魔力を乗せるだけの魔法とも言い難い方法だが、普通の探知魔法どころか、グリおじさんの索敵魔法より精度が高かった。

弱点としては物陰の物は上手く判断できないところだが、それは魔狼の嗅覚《きゅうかく》があるから問題ない。

双子がこれに興味を引かれたのは、ロアの使っている探知魔法に似ているからだった。いつもロアが使うのを見ていたから、再現は可能だと思った。

それに、音に魔力を乗せる方法は、すでに双子は経験済みだ。ネレウスでどこにいるか分からないロアを見つけるために、遠吠えに魔力を乗せて探し出したことがある。あの時の思い付きの、完成形を示された気がした。

〈見つけた！〉

〈いるね……〉

双子は唸りをやめる。そして、大きく息を吸う。

〈なにもないところが、歪んでるね〉

〈空中が、歪んでるね。まだ隠れてるのかな？〉

双子の目的は、妖精を見つけること。戦うならまず、敵の位置が分からないとどうしようもない。

別の空間に隠れているような連中を探し出すのだ。より正確な探知ができるエコーロケーションは、本当にありがたかった。

最初の実験にこの場所を選んだのも、妖精王が縄張りにしているダンジョンなら普通の妖精も多く出入りしていると考えたからだ。実験台として、下位の妖精は相応しい。

〈これは、オジちゃんでも見つけられないよね？〉

〈ルーがいるおかげだね〉

〈フィーがいてくれたから！〉

双子は互いの心が繋がっている。まるで一匹の生き物のように、互いを同一視することも可能なぐらい、深く、強く。

そのことが、別の角度からエコーロケーションを使って得た結果を、瞬時に照らし合わせることを可能にしていた。

一方向からの探知では気付けなくても、別の角度から調べて差異を突き詰めていけば見えて来ることがある。双子は周囲を調べる時は必ず互いが得た情報を交換していたため、そのことをよく知っていた。

たとえ、妖精が別の空間に隠れているとしても。出入りした場所にまったく影響を与えずに済ますことは不可能だろう。必ず何かの違和感はあるはずだ。

そう信じて試してみた結果、予想通り妖精の痕跡を発見することができたのだった。

〈どうする？　出て来るまでまって、つかまえる？〉

〈もうオジちゃんたちが追いつくよ？　それにもっと練習しないと〉

〈ないしょだもんね？〉

〈ロアがさいしょだもんね！〉

発端はイルカの魔獣の知識だが、そこから自分たちが考えて、工夫して得た力だ。最初にロアに見せて褒めてもらいたい。先にグリおじさんなんかに見せてしまうのは勿体ない。

それに、このエコーロケーションは未完成だ。発動も遅いし、頑張ればもっと精度も上げられるだろう。見つけた妖精の痕跡の情報から、次はもっと早く正しく見つけられるようになるかもしれないし、何か別の有益な気付きがあるかもしれない。

イルカの魔獣たちは、これを使って探知以上のことをしているとも聞いた。できれば、そこまで完成させてから、お披露目をしたい。

そう考えて、二匹はまだ内緒にしておくことにしたのだった。

〈オジちゃんたちを、まってる？〉

〈さきに行こうよ！　ここは冒険者が多いよ？〉

エコーロケーションによって、双子は大洞窟の精密な構造や冒険者や魔獣の位置、それどころかどこにどんな植物が生えているかまで把握することができた。

その結果から、ここは面白みがなく、邪魔な冒険者が多い場所だと判断した。

〈行っちゃおうか？〉

〈先にいっちゃおう！〉

双子《ルーとフィー》の魔狼は頷き合うと、また駆け出していく。

元気に駆け出す二匹だったが、やはり逸《はや》る気持ちがあったのだろう。エコーロケーションで感知した妖精の痕跡の中に、ひと際大きな物が交ざっていることを見逃してしまったのだから。

それは主を連れず従魔だけで移動している双子に興味を持ったようで、後を追いかけるように移動を始めたのだった……。


グリおじさんたちが通路を抜けてダンジョンに入ると、双子《ルーとフィー》の魔狼の気配はもうなかった。グリおじさんが魔力を広げて索敵してみても、双子は引っ掛からない。

〈先に進んだか〉

この場はいかにも初心者冒険者向け。出現する魔獣も弱い。双子には物足りない場所だ。二匹は一層を通過し、すでに二層より下に向かったのだろう。

「これは……すごいな」

「圧巻ね……」

望郷のメンバーは、通路を抜けて現れた巨大な空洞に息を呑んで立ち止まっている。

ここは人工的に作られたダンジョンだが、自然の洞窟を利用している部分も多い。この一層も例に漏れず、天然の大洞窟を魔法で加工して作られたものだ。

基本的に施されている魔法は、強化。支えすらほとんどない巨大な空洞の中だが、魔法を使った戦闘で強い衝撃を与えたところで、壁面も天井も石片一つすら崩れ落ちない構造となっていた。

内部は後から手を入れられているので、古代遺跡をそのまま利用している外側に比べれば柔らかいだろうが、人間には傷一つ付けられないに違いない。

グリおじさんは、ダンジョン一層を見渡しながら考える。

今の我なら、作れるなと。

昔にこのダンジョンに入った時は圧倒されたものだが、今ならこの一層程度であれば作成できると自負している。ロアと従魔契約したことで適性を得て自由自在に使いこなせるようになった土の魔法と、それを用《もち》いた経験が裏付けとなっていた。

ちなみにその経験を積んだ先は、ペルデュ王国にあるコラルド商会の敷地内のロアの家の地下だ。

そこには調子に乗ったグリおじさんが、自分の魔法技術の確認と実験を兼ねて作り出した、ダンジョンと言ってもいいくらいの地下倉庫があった。グリおじさんが拘《こだわ》り抜き、コラルドの後押しもあって今は異常な進化を見せている。

ただ、それだけの物を作り出したグリおじさんでも、このダンジョンの機能で求めても再現できそうにないものがあるのだが……。

〈貴様ら、いつまで呆《ほう》けておる。進むぞ〉

グリおじさんは、足を止めて巨大な空洞を見渡していた望郷のメンバーに声を掛ける。

「あ、ああ……」

呆けて眺めていたディートリヒは気の抜けた返事をしたものの、すぐにグリおじさんの方に顔を向けた。直後に、何かを思い出したように、含みがある表情を作る。

それからディートリヒは大きく息を吐くと、気を引き締めるように真剣な顔になった。

「……その前に、聞いておきたいんだが……」

固い表情に対して、口調は弱い。何かを言い辛そうにしている感じがあった。他のメンバーは、さりげなくディートリヒの陰に隠れている。これからディートリヒが言う言葉に、グリおじさんがどんな反応をするのか分からず警戒していた。

言い渋るディートリヒに、メンバーは代わる代わる脇腹を突いて、次の言葉を促した。

実は昨夜、とある事実に気付いた望郷のメンバーは、誰がそのことを言うか争った。そして壮絶《そうぜつ》な擦《なす》り付《つ》け合いの末に、四人でのジャンケン大会が開かれて敗北者のディートリヒが言うことに決まったのだった。

「そのだな、このダンジョンは洞窟型で洞窟の中はジメジメしてるだろ？」

〈何だ？　何が言いたい？〉

なおも歯切れの悪い言い方に、グリおじさんはディートリヒを睨みつけた。

「……ジメジメが好きなアレは大丈夫なのかと思ってな。いるだろ？　ジメジメの所には？」

アレとは、グリおじさん唯一にして最大の弱点、虫である。いや、まあ、虫よりさらに弱点になっているロアという存在がいるものの、この場合は除外する。

こういった洞窟の中には、虫が大量にいる。目に見える所にはいなくても、岩の隙間や天井にまでいたりする。

グリおじさんは多少は我慢ができるようだが、大量の虫を目にすれば暴走するだろう。実際に、少し前にグリおじさんは海賊島で暴走を起こしていた。

そして何より問題なのは、今、ロアがいないということだった。ロア以外の誰も、グリおじさんの本気の暴走を収められるとは思えない。

もしグリおじさんが暴走して弱体化してしまったら、最強戦力を欠いた状態でダンジョン攻略を目指さないといけない。望郷のメンバーにとっては、ダンジョン探索の前に絶対に確認しておかないといけない問題だったのだ。

〈む？　アレとは何だ？〉

グリおじさんは疑問を返すが、顔が笑っている。魔獣のクセに表情豊かだ。

明らかに何のことを言っているのか分かっているのに、わざと分からないフリをしている顔だ。

そんな態度に、ディートリヒは苛立った。

「虫だよ、虫!!　あんたが大嫌いで、見たらパニックになるやつだ!!　あんたの弱点だよ!!」

気を使って名称を出さないでいたのに、当のグリおじさんが惚《とぼ》けているのだから仕方がない。鼻息荒く、ディートリヒは事実を言い放った。

だがグリおじさんはディートリヒの言葉を真っ向から無視した。

〈何のことか分からぬな。完璧な我に弱点などない!!〉

胸を張って、言い返す。あまりに自信満々な姿に、望郷のメンバーは言葉を失った。

……まさか、今までの虫に怯える姿は、ロアに甘えるために見せかけていただけ？　……と思ったものの、絶対にあり得ない。泣き叫んで大暴走するグリおじさんの姿は、どう考えても本気だった。

「あんた、まさか混乱し過ぎて虫を見た時の記憶が飛んで……」

〈貴様、我を何だと思っているのだ？　我はいつでも正常だし、物忘れするような年齢でもない。そうだな……〉

フッと笑ってから、グリおじさんは言葉を区切った。

〈貴様らに良いことを教えてやろう！　貴様らが体験したように、このダンジョンの出入りは完璧に管理されている！　ダンジョン自体の承認がなければアリ一匹入れぬほどにな!!〉

フフフ……とグリおじさんは楽しげに笑う。

〈まさに、アリ一匹だ！　アリ一匹だぞ！！？　このダンジョンは実験施設として完璧に管理されている！　妖精王はクズで可愛げがなく道理の通らぬ悪辣な存在だが、この一点だけは評価に値する！　このダンジョンは小さな羽虫すら無断で侵入することは許されていない!!　ここに我を不快にするものは存在しないのだ!!　我は、無敵だ!!〉

「「はあ……？」」

望郷のメンバーは間の抜けた声を上げた後、互いの顔を見合わせた。

これが、このダンジョンでグリおじさん自身が求めても再現できない機能の正体だ。承認がないと虫一匹入り込めない、防御機構だ。

〈本当に不快なものが一匹もいない、清浄な空間なのだぞ！　奇跡のようであろう！　いくら岩盤で堅く固めても隙間から湧き出て来る、無から生まれて来るのではないかと思えるほど排除が難しい忌まわしき連中が、ここには一匹もおらぬのだ！　まさに楽園!!　此度《こたび》の最大の目的は小僧の奪還だが、妖精王をひっ掴まえてこの技術を開示させることも目的の一つだ！　絶対に欲しい！　拷《ごう》問《もん》してでも手に入れねばならぬ!!　ふふふふふ……ふははははは！〉

「あー、はいはい。良かったな」

何にせよ、このダンジョンの中ではグリおじさんが暴走する危険はないらしい。そのことを理解した望郷のメンバーは、なおもご機嫌で笑い続けるグリおじさんを生温かい目で見つめるのだった。

「…………とりあえず、ここの環境に慣れるために、弱めの魔獣を狩ってみるか？」

「そうね、偽装も解けたから、元の編制でいいよね？　それとも当初の予定通り、リーダーが壁役をやる？」

グリおじさんを気に掛けるのをやめたディートリヒの言葉に、コルネリアが答える。

「そうだな。練習がてら、しばらくはオレが壁役でやってみるか」

「このダンジョンは人型の魔獣が多いらしいから気を付けような。武器を使う魔獣はあまり相手にしたことがないしな」

「……」

クリストフもまだ高笑いを続けているグリおじさんから目を逸らしてディートリヒたちの下に集まり、ベルンハルトもそれに続いたのだった。

グリおじさんの高笑いは、まだ続いていた。

第四十話　二つの木

カン！　カン！　カン！　と、甲高《かんだか》い音が連続で響き渡る。

ここはアダド地下大迷宮《グレートダンジョン》の最深部の一室。鍛冶をするために新たに作られた部屋だ。大規模な空調も必要ないため、反射炉に先んじて作られていた。

甲高い音を立てているのは、人の背丈ほどもある大きな魔道具だった。

それは、ロアが作った鍛冶用の魔道具で、備え付けられている大槌《おおづち》が激しく上下に大きく動いている。ロアは長い棒の先に付けた焼けた鉄の塊を、魔道具の大槌で細い棒状に叩き伸ばしていた。

「よし」

ロアは短く呟いて鏨《たがね》を手に取ると、伸ばした鉄の塊の真ん中に打ち付け、大きく傷を付けた。そしてもう一度大槌で叩いて傷から半分に折り曲げると、折り曲げた断面をじっくりと観察した。

「もう数回ってところかな？」

焼けた鉄の塊は橙《オレンジ》色に輝いている。一見、その色に斑《むら》はないように見えるが、ロアはその断面から的確に現在の鉄の状態を読み取っていた。

ロアがやっている作業は、鍛錬。鉄の不純物を取り除くと同時に、鉄の硬さを均一にするための作業だ。その様子から、厳しい訓練や修業を指す言葉にもなっているが、こちらが本来の意味である。

不純物を取り除くと言っても、鉄の中には硬さを保つために必要な成分も含まれている。必要以上にその成分が抜けてしまうと柔らかくなり過ぎるため、見極める必要があった。ロアはそれを、折り曲げた断面の色で判断していた。

ロアは鉄の状態を確認した後、炭火が燃え盛る炉に、鉄の塊を突っ込んだ。

「…………オレ、何でこんなことができるんだろう？」

横に設《しつら》えられた送風機《ふいご》を手で動かして炉の中に風を送りながら、ロアは考える。

今回鍛冶をやろうと思った切っ掛けは、素材置き場に剣を作るのに適した鉄が置いてあったから。単なる思い付きだった。その時は、自分に鍛冶ができることを当然と思っていた。

だが、いざ鍛冶の作業を始めてみると、自然と動く身体に反して自分に学んだ記憶がないことに気が付いた。教えてもらった覚えも、誰かの作業を見た記憶すらなかったのである。

なのに、なぜか鍛冶の作業どころか、素材の見極めから必要な道具の知識まである。記憶と知識が噛み合わないことに、ロアは戸惑った。

……どういうことなんだろう？

ロアは疑問を感じながらも、送風機《ふいご》を操作して炉に風を送る手は止めない。炉の中の炭火の状態を見る目も緩めない。頭の中で記憶にない誰かの「火の前で余計なことを考えるんじゃねぇ！」という怒号《どごう》が響いた気がした。

鍛冶は温度が全てと言って良いくらい、重要だ。温度が高過ぎれば鉄は溶け落ちてしまうし、低過ぎれば叩いても纏まらない。場合によっては砕けてしまう。ロアは炎と舞い上がる火の粉を見つめて、最適な温度を見極める。

燃え盛る炭火が炉を覗き込むロアの顔を炙《あぶ》り、額に滲む汗すら乾かしていった。

ロアは一度炉の中から鉄の塊を取り出し、炉の横に準備してあった麦の藁灰《わらばい》を付けて再び炉の中に入れる。

藁灰は鉄の表面だけが過剰に燃えないための抑止剤だ。こういった知識も誰に教えてもらったのかよく分からない……。

ロアは炉の炎を監視しながらも、横目で鍛冶用の魔道具を見る。

鍛冶は本来、一人でするのは難しい。鉄を叩いて伸ばすには重量がある大槌が最適で、鉄の位置を調整しながら同時に大槌を振るえる者など滅多にいない。二人以上でやるのが普通だ。

だから、今回鍛冶をする前に思い付いて、大槌が自動で上下する魔道具を作った。ロアにも魔法式が組めるような、ひたすら回転するだけの単純な魔道具を動力源に使い、水車小屋の杵搗《きねつ》きの構造を真似て備え付けた大槌を上下させるようにしてある。

操作は足で行う。踏板《ペダル》を軽く踏めば大槌が上下を始め、強く踏めば大槌の位置が下がり打ち付けるようになっている。

この魔道具の構造を考える時も、実際に作る時も迷いなくロアは作り上げた。

……………まるで、一度作ったことがあるように、本当に迷わなかった。

まさかと思うが、記憶していないだけで、実際に一度作ったことがあるのだろうか？

そのことを裏付けるように、単純な構造とはいえ、作り上げた鍛冶用の魔道具は改善点がないほどに完璧な物だった。不具合点どころか、検討や検証もなく的確な機能を持たせられてしまった。

ハッキリ言って異常だ。物作りは試作を繰り返すのが普通だ。最初の一度で過不足なく作り出せるなどあり得ない。何度か作ったことがあり、そのことを自分が忘れているとしか思えなかった。

「何かしたのは……カラくんだよね……」

自分の記憶が操作されているのなら。そんなことができる存在は、ロアが知る限りはカラカラしかいなかった。

いや、記憶が曖昧なのだから、別の誰かに記憶を操作された可能性もあるし、事故などで記憶を失った可能性もある。しかし、その場合はカラカラがそのことについて何も言わないのはおかしい。

「少なくとも、カラくんが関わってるよね」

確信はないが、カラカラには自分の記憶に疑いを持っていることを言わない方が良いだろう。言ってしまえば、今感じている疑問ごとまた忘れることになるかもしれない。

そこまで考えて、こういった疑問を持つのも初めてじゃない気がしてきた。何度か疑問を覚え、そのこと自体も忘れているのかもしれない。

そんなことを考えていると、何者かが部屋の中に入って来る気配があった。

〈ご主人様、お仕事中に失礼します〉

ロアの背後から声が掛かった。声の主は、カラカラだ。

「カラくん、もう数回で鍛錬が終わって一区切りつくから、ちょっとだけ待ってね」

ロアは炉を見つめたまま振り向きもせずに答える。静かに、先ほどまで考えていたことをカラカラに察せられないように、表情を引き締めた。

〈では、それまで見学させていただきますね。私も、先代の主人も鍛冶をしたことはありませんでしたから勉強になります〉

「……」

ロアは無言で頷いて見せた。忘れているだけで、カラカラから鍛冶の知識を教えてもらったのかもしれないと考えていたが、鍛冶をやったことがないのなら違うようだ。やはり、鍛冶を教えてくれた人間ごと、その時のことを忘れている。

ロアは炉の炭火の炎の色と舞い上がる火の粉から温度と鉄の状態を見極め、取り出す。鍛冶の魔道具の大槌の下に差し込むと、足で操作して大槌を動かした。

カン！　と心地の好い音がして、周囲に大きく火花が飛び散った。その火花は鉄の塊の内部が十分に溶け、重ね合わせた鉄同士が上手く一塊にくっ付いた証だ。

それを見てから、ロアはさらに鍛冶の魔道具を動かして、熱せられた鉄を叩き伸ばしていく。先ほどと同じ手順で折り曲げ、また鉄の状態を確認すると炉の中に入れた。

〈見事な手際ですね〉

「そりゃ、し……」

師匠がいいからね！　と言いかけて、ロアは口籠《くちごも》った。師匠……その言葉は、なぜか言ってはいけない気がした。言えば何か良くないことが起こる気がした。

何より、その師匠そのものがロアの記憶にはない。忘れているはずの記憶に関することをカラカラの前で言ってしまえば、また記憶を失う切っ掛けになるかもしれない。思わず言いかけた自分の不用意さを猛省して、ロアは息を呑んだ。

〈どうかしましたか？〉

急に言葉を止めたロアに、カラカラは不思議そうに声を掛けて来る。

「何でもないよ。ちょっと炎の色が気になっただけ」

〈そうですか？〉

「カラくんは何で鍛冶は学ばなかったの？」

カラカラの声に探るような雰囲気があったため、ロアは慌てて話題を変えた。その間も、ロアの手は止まらず、目は炉に向けたままだ。

〈鍛冶は魔法に置き換え不可能と言われていますからね、錬金術師であった先代の主人は自分の知識の範囲外とされていました。そのため、私も学ぶ機会がなかったのです。一応、作業ができるだけの知識は持っているのですが、実際に接する機会がなく実用に足りないと判断していました〉

カラカラの声はどこか優しい。話しながら昔の主人のことを思い出しているのだろう。そうやって昔を懐かしむカラカラのことを、ロアは嫌いではない。

何となく、昔のことを頑《かたく》なに話したがらない誰かに苛立ったような記憶がある気がしたが、それは明確な形にならなかった。それもまた、今は忘れている記憶なのだろう。

「魔法で鋳造《ちゅうぞう》はできても、鍛冶は不可能……だっけ？」

鋳造というのは、ドロドロに溶かした鉄を型に流し込んで形を作る方法だ。鍛冶……鉄を叩いて形にしていく方法は鍛造と言う。魔法で鉄の温度を上げて溶かして型に流し込むことは可能だが、ロアが今やっているような作業の再現は不可能だと言われていた。

〈そうです。魔法で鍛冶を再現することは不可能だと言われています。ただ、実際のところは魔法と鍛冶の知識を兼ね備え、なおかつ再現しようと思う者がいなかっただけだと思いますけどね〉

「かもね」

魔法で何か別の作業を再現するには、両方を深く理解している必要がある。

魔法を使って物を作り出す錬金術と、鍛冶。物を作り出すという点では同じように見えるが、一方は頭脳労働が多く、一方は肉体労働が多いという点で大きな違いがある。安易に両方に手を出せるようなものではない。

それに、鍛冶師というのは拘りが強い者が多い。魔法で鍛冶を再現したいからと言われて、自分の知識と技術を差し出してくれるとは思えない。

そういった事情が、魔法で鍛冶を再現することの妨《さまた》げになっているのだろう。

「よし！　とりあえず鍛錬の作業は終了！」

話しながらも、ロアは作業を続けていた。そして一区切りつけられる状況になって、やっとカラカラの方を振り向いた。

カラカラは相変わらず顔色が悪い。目の周りの隈も消えていない。しかし、数日前よりは調子が良さそうだった。状況は変わっていないはずなので、何らかの体調を改善する手段を得たのだろう。

「それで、何の用だったの？」

〈実は、少し厄介な事態になりまして。その対応のために名付けをしてもらいたいものがあるのです〉

カラカラは申し訳なさそうに答える。カラカラにしてみれば、主人の手を煩わせるのは申し訳ないことなのだろう。気にすることはないのにと、ロアは思う。

「厄介な事態？」

〈ダンジョン内に……その、害虫が入り込みまして〉

「害虫？」

ロアは首を傾げる。このダンジョンについてはカラカラから説明を受けている。虫一匹入らないように管理されており、中で育てている植物の受粉から冒険者や魔獣の死体の処理まで、カラカラの配下の低位の妖精や他の魔獣の手で行われている。それなのに、害虫が入り込むなどあり得ない事態だ。

〈悪質で、低俗で、意地汚くて、性根が腐っていて、最悪で、気持ちの悪い害虫です！　質《たち》の悪い寄生虫です！　その排除のため、ダンジョンの機能を完全にする必要が出て来ました〉

カラカラは鼻息荒く言ってのけた。

「なんか同じような言葉が並んでるけど……とにかく、大変なことが起こったんだね？」

〈はい〉

「じゃあ、先に言ってくれれば鍛冶は後回しにしたのに……」

〈いえ、そこまで時間的には切迫していませんので。まだ一層に侵入されただけですし、あんなモノにご主人様の作業を後回しにさせる価値はありませんから〉

よほどその害虫を嫌っているのか、カラカラは吐き捨てるように言った。

「じゃあ、その名付けをする人はどこにいるの？　もう害虫は中に入り込んでるんだよね？　急がないと、育ててる薬草とかが台無しになるかもしれないし」

〈いえ、三十層からはご主人様に作っていただいた罠がありますから、時間稼ぎはできます。ですから、まずは……〉

カラカラはそこで言葉を区切り、ロアを上から下までじっくりと見た。高熱の炉の前で鍛冶作業をしていたロアは、汗だくだ。しかも舞い上がった煤《すす》が付いて、全身汚れている。

〈……汗と汚れを拭って着替えてから、水をしっかり飲んでいただきましょう。ご主人様の身体の方が大事です〉

そう言って、カラカラはロアに笑いかけた。その笑顔から悪意は感じられない。

ロアは、カラカラが何を隠しているのかは分からないが、嫌うことはできないなと考えたのだった。

鍛冶作業をいったん中断したロアは、半強制的に入浴することになった。

ロアは濡らした布で身体を拭って着替えるつもりだったが、カラカラが入浴を勧めて来たのだ。なんでも〈私たちにとって神聖と言ってもいい場所に行きますので〉とのことらしい。

カラカラが主人であるロアにお願いをして来ることは滅多にない。基本的にロアに服従して言いなりだ。

そんなカラカラが珍しくお願いして来るので、よほどの理由があると思ったロアは素直に従った。

それに、改めて自分の格好を見ると、鍛冶作業の時に舞い上がった炭の粉や煤、流れた汗で酷く汚れていた。たとえ神聖でなくても、清潔な部屋に入るには抵抗のある状態で、ロアも入浴すべきだと思ったのだった。

ロアは入浴前に、汗として流した水分を補うように、多めの水と細かく砕いた岩塩などを胃に流し込んだ。それから、服を脱いで浴室に入る。

アダド地下大迷宮《グレートダンジョン》の最深部の生活空間は、古代遺跡の設備をそのまま移築して利用している。上水道も完備しているし、豊富な地下水のおかげで水も使いたい放題だ。

贅沢にも飲用できる清潔な水を頭からかけ流す灌水浴《シャワー》施設まであるのだった。

〈ご主人様。お背中をお流しします〉

入り口の扉が開いたと思うと、そこにはカラカラが立っていた。いつもの貫頭衣《かんとうい》も着ておらず、全裸《ぜんら》だ。

全裸のカラカラは、顔の部分以外は子熊にしか見えない。柔らかなモコモコとした毛皮が全身を覆っている。扉を閉めるために後ろを向くと、臀部《でんぶ》で毛玉のような小さなシッポがピョコピョコと激しく動いていた。

カラカラは主人の身体を洗うのが楽しいらしく、手が離せない状況でない限りはロアの入浴に付き合おうとする。ロアももう慣れたもので、浴室に入って来るカラカラを笑顔で受け入れた。

「カラくんも洗ってあげようね」

〈い、いえ、私などっ！〉

「いいからいいから」

カラカラは言葉を濁したものの、そのシッポは正直だ。先ほどよりもさらに激しく動き、喜びを示していた。

なおも遠慮して断ろうとするカラカラを、ロアはシャワーの下に移動させて水を浴びせる。それで観念したのか、カラカラはされるがままになった。

……このやり取りって、いつからだっけ？

ロアはカラカラの背中の毛皮に石鹸《せっけん》を擦《こす》り付けながら考えた。何度も同じやり取りをした記憶はあるが、それがいつから始まったのか覚えていない。遥か昔からの気もするし、つい最近の気もする。

石鹸は王族が使うような高級品で、泡立ちが良い。すぐにカラカラの毛皮は泡だらけになった。

妖精が好む林檎《リンゴ》の花の香りを移した香油《こうゆ》が混ぜられており、浴室は甘い香りに満ちた。

一週間ほど前の記憶はあるけど……それ以前は……記憶が曖昧だなぁ。その頃に、何かされたんだろうか？

……そう考えながら、ロアは手を動かす。幸い、今洗っているのはカラカラの背中だ。表情から何を考えているか察せられることはない。

〈……ご主人様は、鍛錬していたあの鉄からどんな武器を作るおつもりですか？〉

無言でカラカラの背中を泡立てるロアに、カラカラが問い掛けた。沈黙して身体を触られまくる気まずさに耐え切れなくなったのだろう。その割に、シッポだけは気持ち良さそうにヒョコヒョコと動いている。

「うーん、細身の片刃剣を作ろうと思うんだけど……」

ロアはその問い掛けに、手を止めずに答えた。

〈カットラスですか？〉

船上片刃剣《カットラス》は、大きなナイフと言って良い見た目をした片刃の剣だ。ショートソードほどの長さしかなく、室内や障害物がある場所での戦闘に向いていて、船乗りがよく使っている。

「もっと細く長くして重さを抑えた両手剣にしたいんだけどね。まだイメージが固まらなくて」

〈片刃の両手剣ですか……〉

背中を泡立て終わったロアは、カラカラの正面へと回る。顎の下に手を入れて撫でるように泡を付けてやると、カラカラは気持ち良さそうに目を細めた。

「両手用サーベルみたいな感じになると思うんだけど」

その形が、あの人には合っている気がする。ロアは、記憶にない誰かを思い浮かべていた。

〈なるほど。しかし細く長いとなると、使用方法によっては、鉄では耐久性が心配ですね〉

「実用性がどこまであるか、どんな形が適しているのか見極める意味でも、最初は鉄で作った方が良いと思うんだよね」

色々な金属があるが、ロアは鍛冶仕事の基本は鉄だと思っている。他の金属を混ぜたり組み合わせたりするにしても、問題点や改善点を見極めるためには、一番扱い慣れている鉄で作る方が判断が付きやすい。

だから、最初は鉄だけで作ろうと考えていた。

〈試作なのですね〉

「そうだね」

〈……〉

せっかくカラカラが振ってくれた話題だが、まだロア自身がどんな物を作るか決めかねていたため会話が途切れてしまった。

〈今度は私がご主人様のお背中を洗わせていただきます〉

会話が途切れたことで良い機会だと思ったのだろう、カラカラは交代を申し出る。ロアもそれを素直に受け入れて、カラカラに背を向けた。

ロアの背中に毛皮はないので、そのまま石鹸を泡立てるわけにはいかない。カラカラは傍らに置かれている海綿《スポンジ》を手に取ると、丁寧に湿《しめ》らせて石鹸を泡立て始めた。

ふんわりとした泡が立つスポンジ。スポンジはアダドの名産品の一つだ。

スポンジの原料となる海綿《かいめん》は、海中の岩に貼り付いて植物のように生活をしている海の生き物だ。それを天日干《てんぴぼ》しと水洗いを繰り返して、不要な部分を完全に洗い流すことで柔らかなスポンジになるのだ。

アダドの沿岸の海は海綿の成長と相性がいいのか、質の良い大ぶりで柔らかい物がよく獲《と》れた。漁場の海底には、多数の海綿が鮮やかな色を見せながら、まるで花畑のように広がっているらしい。

今、カラカラが手にしているスポンジも大きく、全体的に柔らかい、高品質な物だった。

「……そういえば、名付けて欲しい人、はどこにいるの？　神聖な場所なんだよね？」

背中を滑っていく柔らかなスポンジの肌触りを少しくすぐったく感じながら、今度はロアが話題を振った。

〈……そうですね。我々、妖精には、大切にしている二本の『木』があります〉

「？」

質問の答えになっていない言葉にロアは戸惑ったものの、そのままカラカラの話に耳を傾ける。

〈その『木』は木と呼んでいますが、いずれも植物ではありません〉

丁寧にロアの背中にスポンジを滑らせながら、カラカラは言葉を続ける。

〈一つは、アカーシャ。全知の木と言われる物です〉

「全知の木？　アカ……あっ、アカシックレコード！！？」

どこかで聞いたことがあった言葉に、ロアは記憶を探ると即座に叫んだ。

全知の木の記憶《アカシックレコード》は、鑑定の魔道具の鑑定結果を教えてくれる不思議な存在だったはずだ。詳細は極秘で、巨大な植物を基《もと》にした魔道具だろうと言われていた。

〈さすがです〉

ロアが驚きの表情と共に発した言葉に、カラカラは満足げに頷いた。

〈鑑定の魔道具や鑑定魔法で使われる全知の木の記憶《アカシックレコード》は、全知の木《アカーシャ》が蓄えている記憶であり、全知の木《アカーシャ》そのものです〉

話すカラカラの口調は軽い。何気ない日常の雑談をしているかのように、いつもと変わらなかった。

〈その正体は、我々妖精の記憶の集合体です。実体はありません。大樹の根のように大きく細かく広がってありとあらゆる妖精の記憶を集め、幹のように知識を蓄え、枝葉のようにまた様々な者たちに恩恵を与えることから、『木』と称されてきました〉

「……」

ロアは驚きを隠し切れない。こんな重要な秘密を浴室で聞いていいのかと、戸惑った。後ろ姿ながらそんなロアの戸惑いを感じ取ったのか、小さくカラカラは笑った。

〈戸惑わないでください。私と従魔契約をしているご主人様も、全知の木の記憶《アカシックレコード》を扱う権利があるんですよ〉

「えっ？」

カラカラが背中を洗ってくれているために振り向けなかったが、ロアは向かい合って問い詰めたい気分だった。

〈妖精は成長し、記憶を操る能力が一定に達すると、全知の木の記憶《アカシックレコード》と繋がる権利を持って鑑定魔法が使えるようになります。それは従魔契約をした主人にも適応されます〉

静かにカラカラは続けた。

全知の木《アカーシャ》は妖精の記憶の集合体で、実体を持つ木ではないこと。

その記憶も、多くの妖精の頭を使って分散処理されているため、どこにも存在しないが、どこにだって存在するということ。

全知の木の記憶《アカシックレコード》を一匹の妖精が扱おうとすると、膨大な記憶に精神が崩壊するため、知りたい結果だけを引き出せるようにしたのが鑑定魔法であること。

鑑定魔法が使えるのは、高位の妖精と、その妖精が従魔契約した人間だけなこと。

鑑定の魔道具は、大昔にどこかの高位のお手伝い妖精が、従魔契約をした主人の「誰でも鑑定魔法を使えるようにしたい」という願いを聞いて作り出した物だということ。

鑑定の魔道具や鑑定魔法で導き出されている答えは、多くの記憶を総合して導き出された最適解に過ぎず、正解ではないこと。

そこまで一気に話して、やっとカラカラは話に区切りをつけた。

ロアは「分散処理」や「最適解」など聞き慣れない言葉があったものの、必死でカラカラの話を理解しようとした。

「……それって、ものすごい秘密だよね？　あっさり話してくれたけど、鑑定の魔道具も妖精が作ったってことでしょ？」

鑑定の魔道具は、商人ギルドが作成方法《レシピ》を隠匿している商品だ。商人ギルドの秘密中の秘密である。こんな風に軽々しく知って良い内容ではない。うっかり話せば、命を狙われかねない話だ。

唯一身近だったその話題が、ロアには引っ掛かった。

〈全知の木の記憶《アカシックレコード》も万能ではなく、妖精《ほんにん》が誰《だれ》にも教えたくないと強く願った記憶は残されません。だから、私にも鑑定の魔道具を作ったのがどこの妖精なのかまでは、分かりませんけどね。商人ギルドが関わっていることから、たぶん金好き妖精《レプラコーン》あたりでしょう〉

「へぇーー」

〈鑑定の魔道具だけではなく、魔法の鞄《マジックバッグ》や豊穣の苗など、作り方を隠されている物の中には妖精が関わっている物がたくさんありますからね。ご主人様には知っておいてもらわないと〉

呆然と空返事をしたロアに、カラカラはさらに爆弾発言を重ねた。どちらもまた、作製しているギルドが作成方法《レシピ》を隠している商品だ。

〈魔法の鞄《マジックバッグ》は空間を操る魔法がなければ作れませんが、高位妖精の私なら簡単です。命令していただければ作りますよ。一緒に作りますか？　豊穣の苗なんて、このダンジョンでも虫の出入りを完全に封鎖することで、同じような品種改良をしていますからね、今更です〉

そう話すカラカラの声は、どこか自慢げだった。

「…………」

カラカラの告白に驚いて、ロアはしばらく黙り込んだ。

しかし、その目は爛々《らんらん》と輝いている。

驚き困惑しているというよりは、知られたことを喜び、これから得られる知識に興奮しているように見える。ロアは絶句しているのではなく、今知ったことを反芻《はんすう》しているようだった。

〈記憶は、私たち妖精の本能であり、本質でもあるんです〉

黙り込んでいるロアを無視して、カラカラは言葉を続けた。

〈私たち妖精が、太古の錬金術師に作られた錬金生物であることはご存じですか？〉

「……たぶん……」

ロアにしては珍しく、曖昧な答えを返した。どこかの本で読んだ記憶がある……。そうロアは思ったものの、どの本で読んだのかが思い出せない。

思い出そうとすれば、型押しされた魔獣の革の表紙の手触りがよみがえってくる。銀の飾り金具の輝きが、脳裏に思い浮かぶ。なのに、どうしてもその本の書名や文章が浮かんでこない。

大事な何かについて書かれていた気がするのに。大事な何かをバカにされた文章を読み、憤慨した感覚だけが残っている。

〈私たちが作られたきっかけは、一つの実験でした〉

ロアの心中など関係なく、カラカラは話していった。

〈それは、精霊の存在証明実験です〉

話しながらも、カラカラはロアの背中を熱心に洗っている。繊細な芸術品の汚れを落とすように。スポンジに付いた石鹸のきめ細かい泡が消えないように、頻繁に泡立て直しながら丁寧に時間をかけてロアの背中を洗う。

精霊。それは、自然に宿ると言われている魂のようなもの。

火の精霊《サラマンダー》、水の精霊《ウンディーネ》、地の精霊《ノーム》、風の精霊《シルフ》を筆頭に、様々な自然に宿っていると言われている存在だ。

そう、あくまで言われているだけで、魔獣のように誰かが目にしたという記録はない。魔法のことを精霊術と呼んでいた時代もあったらしいが、それほどに精霊の存在を信じながらも誰も確認することはできなかった。

遥かなる昔。

古代文明の時代に精霊の存在を証明しようとした集団がいた。高名な魔術師や錬金術師が力を合わせたのだ。

その証明方法は、精霊を宿した魔獣を作ること。

この世界には、人間の魂が魔獣化した死霊《ゴースト》や生き霊《レイス》といった存在がいる。彼らは人間の魂の魔獣化が可能であれば、自然の魂である精霊を魔獣化させて形にし、目にすることも可能だろうと判断したのだ。

しかし、それは失敗した。

どれだけ魔力……魔素《まそ》を注ぎ込もうが、精霊の魔獣化は確認できなかった。

彼らはその結果から、元々肉体を持つ人間は魂だけになっても魔力で形を保てるが、元から形のない精霊には不可能なのではないのかと判断した。

そして実験は次の段階に進む。形を作れないなら、すでに形のある物に入れればいい。

死んでもなお魂が肉体に留まって魔獣化した、動く死体《ゾンビ》のようなものを人間の手で作ろうとしたのである。

そして、それは成功した。

錬金術によって作り出した肉体に、精霊……自然の魂らしきものを固定化して新しい錬金生物を生み出すことができた。

それは、妖精と呼ばれた。だが、妖精は、彼らの思惑《おもわく》とはまったく違った存在だった。

〈残留思念とでも言うんですかね？　精霊だと思われていたものは、その場に生きた者たちが残した思いでしかなかったんですよ〉

「どういうこと？」

思わず、ロアは問い掛ける。

〈腕を上げていただけますか？〉

だが、返って来た言葉はまったく関係のないものだった。ロアがカラカラの話に耳を傾けて理解しようと思案していた間に、ロアの身体を洗う作業は進んでいた。すでに背中だけでなく、全身に至っている。

脇にスポンジを差し込まれて、カラカラの先ほどの言葉が、脇を洗いたいから腕を上に上げろという意味だとやっと理解した。

「……」

仕方がなしに、ロアは腕を上げる。

〈……最初の実験は森で行われたらしいですよ。そして作り出した物の意志を魔法で確認したところ、「大きく育ちたい。大地に根を張りたい、子孫を育てたい」と考えていたそうです。実験をした者たちは、自然の意志は存在したんだ、精霊は実在したんだと大喜びだったそうです。そして、検証のために様々な場所で同様の実験が行われました。頭も洗ってしまいましょうね〉

身体は洗い終わったらしい。立っていたロアは、ほぼ無理やり浴室用の低い椅子に座らされる。カラカラは一度スポンジを水で濯《すす》ぎ、新たに石鹸を付けると泡立ててロアの髪に丁寧に馴染ませ始めた。

〈だけど、様々な場所で実験したところ、どうも結果がおかしかった。出来上がってくる妖精が、自然の魂らしからぬ考えをしていると気付きました〉

ロアは頭を洗われているので目と口を閉じていて、話に耳は傾けているものの言葉を返すことはできない。

〈火の精霊《サラマンダー》を固定化したつもりだった妖精は、「良い剣が作りたい、良い鉄を手に入れたい」と考えていたそうですよ。火の精霊《サラマンダー》がいそうだという理由で、燃え盛る炉のある鍛冶場でやったのが悪かったんでしょうね。風の精霊《シルフ》を得るために広い草原で作った妖精は、「勉強を忘れてたくさん遊びたい」と考えていたそうです。何も考えずに魔術師が屋敷内で作った者は、「ご主人様の役に立ちたい、家を清潔にしたい、美味しいものを食べて欲しい」だったとか。どれもこれも、精霊とは……自然の魂とは思えないことばかり考えていたそうですよ。顔も洗いますね〉

言われてロアは、閉じていた目と口をさらに強く閉じる。

結局のところ、妖精に固定できた精霊だと思われていたものは、その空間に残された、そこにいた者たちが発していた思考の残滓《ざんし》だった。

それも、人間の記憶のように言語や絵に変換できるような明確なものではなく、あやふやな『思い』と言って良いものだった。そういった『思い』の方が強く長く、その場に留まり続けていたのだ。

最初の実験場所を、自然の魂なら自然が多い場所でやる方が良いと思ったのが失敗だった。強い意志を持つ人間のような存在があまり立ち入らない場所だったため、薄弱《はくじゃく》な木の意志が優先され、それが固定化されたのだ。そして、自然の魂だと勘違いされた。

しかし、人里近くでされた実験では、人間の『思い』の方が強く残っていた。

人間の意志は、他の動植物よりも強い。そのため、ほとんどの実験では、人間が残した『思い』を持った妖精が生まれたのである。

妖精に固定されたのはそこいらにありふれている『思い』であり、自然の魂である精霊などではなかった。

その結果に慌てたのは、実験を推進していた集団だ。このままでは無意味な錬金生物を作り出しただけに終わってしまう。早急に実験を取り止め、妖精たちを処分する必要がある……。

だが、一人の錬金術師がひらめいた。「妖精は、人間の助手に使えるんじゃないか？」と。

そして、役に立ちそうな妖精だけを残し、さらに主人の役に立ちたいという『思い』を付け加えることで助手として利用するようになった。

その後、古代の文明は終焉《しゅうえん》を迎え、妖精たちは世代を重ねて野生化した。多くの妖精は自らが信じる快楽を求めて行動するようになった。

だが、一部の妖精たちは、未だに人の役に立つことを本能としている。

〈ですから、思いに繋がる記憶の収集は、私たち妖精の本能であり、本質でもあるんです。記憶がなければ、思いは薄れますからね。全知の木の記憶《アカシックレコード》を持つことも、種族特性として記憶を司る魔法を持つのも当然です。そして、また、空間に残った思いが使用されたことから、本能で空間の特性を知り、魔法で空間を操ることもできるのです〉

やはり、自分の能力を語るカラカラの声は自慢げだ。妖精が作られた話をする時とは、声色が違って弾んでいた。

〈私は古代の錬金術を研究していた昔の主人に作られました。ここを発見し、再びダンジョンとして機能するように整えた人物です。おおよそ、四百年ほど前でしょうか。以前仕《つか》えていた妖精が消滅したため代わりに作ったそうですよ。私は主人自らが意図的に研究室に強く残した思念から作られたので、錬金の知識も豊富です。魔力が強いのも、特別な魔獣の肉を使って身体を作られたからです。……さて、これでここでの話は終わりです。お耳汚し失礼しました。泡を流しますね〉

カラカラがそう言うやいなや、ロアの頭からシャワーの水が降り注ぐ。カラカラの話が最後の方は少し駆け足だったのは、ロアの身体の洗い終わりに合わせるためだったのだろう。

丁寧に全身をシャワーの水で濯《すす》がれてから、ロアとカラカラは浴室を出た。

清潔な布で身体を拭かれ、風の魔法で身体と髪を乾かしてもらいながらもロアは考える。何だか、すごい話を聞いちゃったなと。

妖精という、ある意味一つの種族の誕生の秘密を聞かされたのだから、ロアの頭の中はそのことでいっぱいだ。こういう自身の昔話をちゃんとしてくれるのは、嬉しいと思う。誰かさんとは大違いだ。

興奮していて、ロアは無意識にカラカラと誰かを比較していることに気が付かなかった。

服を着て、今度はカラカラに促されて別の部屋に向かった。

服は、やけにしっかりとした生地《きじ》の貴族の学校の制服のような物だった。カラカラ曰く、〈替えの服の準備を忘れていました。間に合わせの服で申し訳ありません〉ということだったが、ロアの身体に合わせてあつらえたようにピッタリだった。

「ここ？」

〈そうです〉

服がピッタリなことを不思議に思いながら歩いていると、すぐに目的の場所に到着した。そこは、通路の先にある小部屋だった。

ロアはこのアダド地下大迷宮《グレートダンジョン》の最深部の生活空間をかなり歩き回っているが、今まで入ったことがない部屋だった。

部屋と言っても剥き出しの岩の壁で、何も加工がされておらず洞窟の行き止まりにしか見えない。

その部屋の中心には、台座のように隆起した岩があり、小さな赤い球が置かれていた。

怪しく輝く赤い球。

赤と言っても均一な色ではなく斑《まだら》模様《もよう》で、紅玉《ルビー》のように透き通っている部分もあれば、不透明な部分もある。共通しているのは、濃く輝いて熱すら感じそうな赤色であるということだけだ。

〈これがご主人様に名付けをしてもらいたいものです〉

「え？」

間の抜けた声を上げながら、ロアは思い出した。浴室で「……そういえば、名付けて欲しい人は、どこにいるの？　神聖な場所なんだよね？」と言ったことが発端になり、全知の木の記憶《アカシックレコード》や妖精の誕生の話になったことを。

「……ひょっとして、これがもう一本の大切な『木』？」

ロアは話の流れを思い出し、推測を交えてカラカラに問い掛けた。

〈ご明察です。これが全知の木《アカーシャ》と並び、私たち妖精が大切にしているもう一本の『木』。緋緋色金《ヒヒイロカネ》です〉

カラカラは胸を張って言った。子熊のような姿で胸を張られると、どこか可愛い。

ヒヒイロカネは小さく、小鳥の卵ほどの大きさの球。とても木と呼ばれる物には見えない。

〈「緋」は古代の地方の言葉で赤を表します。言葉を重ねることで強調を示す言語ですので、「緋緋色」はとっても赤い色という意味です。つまり、とっても赤い金属という意味ですね〉

カラカラが説明してくれたが、見たままだ。球はとっても赤かった。しかも、金属だと言ってしまっている。木ではない。

カラカラは不思議そうに視線を送るロアを見て、思惑が当たったとばかりに満足げに笑みを浮かべた。

〈不思議ですか？　浴室での私の話を思い出してください。私たち妖精が生まれる時、錬金術で作った肉体が準備されました。今私たちが使っている身体は魔獣の肉から作られた身体ですが、自然の魂を固定することを考えて、様々な肉体が準備されました。その一つが、この金属、ヒヒイロカネです。地の精霊《ノーム》の肉体にするつもりだったのでしょうね。自然の魂のために準備された身体な

ので、これは金属ですが、生きているのです〉

「……すごい……」

生きている金属……。自分にはまったくない発想だと、ロアは古代文明の錬金術師たちの発想に感嘆の息を漏らした。

〈ヒヒイロカネの身体は妖精の身体としては不都合がありました。当然ですよね、固定されたのは精霊などではなく人間の『思い』だったのですから、金属の身体に合うはずがない。……しかし、せっかく作ったのだからと別の利用法が模索《もさく》されました。そして長い時間が経ち、ダンジョンコアとして利用されることになりました〉

「ダンジョンコア……」

ロアはもう、驚きのあまり単語で呟くことしかできない。

ダンジョンコア。

迷宮核とも言われるそれは、古代に作られたダンジョンの機能を支えている物体だという。ロアも噂程度というか、伝説か空想の産物で、実在する物だとは思っていなかった。

〈ダンジョンコアは、ダンジョン全体に根を張り、自由に作り変えたり強化することができます〉

「根を張るから、『木』ってこと?」

〈その通りです!〉

ロアも何となく妖精たちの理屈が分かってきた。妖精たちにとって、実体があるかとか素材が違うとかは問題ではない。ある程度の行動や概念が合っていれば、同じ物として扱う。

だから、根を張るヒヒイロカネは、『木』として扱われているのだ。

〈ヒヒイロカネは妖精の肉体として準備されました。だから、魔獣の性質も持っています。ですから……〉

カラカラはそこで、ロアの目を真っ直ぐに見つめて大きく息を吸った。

〈どうか、名付けを。名を付けていただければ、ヒヒイロカネは本来の能力を発揮できます。この地下大迷宮《グレートダンジョン》は今の十倍以上の力を得ます。入り込んだ寄生虫の排除も簡単です！〉

「うん！」

ロアは即答する。

迷いがないわけではなかった。ロアは、自分の記憶がカラカラによって操作されていることを自覚している。そんな状態では、今後の自分にとってどんな問題が起こるか分からない。ハッキリ言えば、こういった大きな変化を生む行動はやるべきではないだろう。

だが、好奇心が勝《まさ》ってしまった。

一瞬の迷いすら断ち切ってしまうほど、ヒヒイロカネに名を付けた後に起こることを見てみたくなった。

……もし、記憶の一部を封印されていなかったら。こんな風に即答はしなかっただろう。

今後のことを考えて迷っていただろうし、何よりダンジョンコアに名付けをする大役を自分なんかがやっていいのかと思ったはずだ。

しかし、今のロアには、自尊心が最低になる原因の記憶はない。そして、カラカラの言う「寄生虫」が、自分が大切にしていた存在を指しているものだと推測できる記憶もない。

だからこそ、全力の好奇心で即答できていた。

「じゃあ、ヒ……」

〈ヒーくんはやめてくださいね！〉

名付けをする寸前で、カラカラが口を挟んだ。ロアは眉を寄せる。付けようとした名前を当てられてしまったからだ。

「それじゃ……」

〈あと、宝石に関わる名前も、やめてください！　見た目に関する名前も、嫌な予感がするのでできれば禁止で。ヒヒイロカネは丸いですから〉

また、思い付いた名前を予測されてしまった。どうしてみんな、自分が真っ先に思い付いた名前を否定するのだろうと、ロアは思案する。

そして、しばらく考えてから口を開いた。

「……ブロッサム。ダメ？」

少し自信なさげに言う。

〈花？　いや、栄えるという意味ですか？〉

「だいたい、そう」

窺《うかが》うようなロアの視線に、カラカラは満足げに頷いて見せた。

……なんか、今日のカラくん偉そう……。と思いながら、ロアはヒヒイロカネに真っ直ぐに向かい合う。

「じゃあ、ブロッサム！　よろしくね!!」

ロアがそう宣言すると同時に、目眩が襲った。

いつもの軽い目眩だと思ったが、ロアの予想に反してそれはすぐには収まらない。頭が掻き乱されるような衝撃。視界が、渦を巻いて歪んでいく。足元が、揺らぐ。

倒れ込みそうになった時に、やっとロアの目眩は収まった。

しかし、足元が揺らいでいるのだけは収まらない。

「え？　地揺れ？」

揺らぐ足元は幻覚だと思ったが、実際に揺れていた。ダンジョンが、揺れている。立っていられない。

壁の中。床の下。天井の上。すべての方向の奥深くで、何かが蠢《うごめ》いている気配がする。

〈お疲れ様です、ご主人様。これで、準備完了です〉

ダンジョン全体が揺れる中、カラカラは七色に輝く目を細めて静かに笑った。


ぐおぉぉぉぉおおおお!! と、部屋全体を揺らすような吠え声が響き渡る。

目の前にいるのはオーガ。食人の怪物と言われる魔獣だ。

基本的に肉食の魔獣は人間を食べる。それなのにオーガがあえて『食人の怪物』と言われる理由は、その姿にあった。

オーガは人型。

それも、額に並んでいる二本の角《つの》と口元からはみ出している牙、濁った青色の肌、そして人間にはあり得ない三メートルを超える巨体以外は、まったく人間そのものという見た目をしていた。

人間に見た目がそっくりな存在が、人間を食べる。それは野獣が人間を食べるよりも深く大きく、人々の心に恐怖を刻み込む。

だからこそ、オーガは『食人の怪物』と呼ばれている。

今、望郷のメンバーは、その食人の怪物と向かい合って戦っていた。もうすでに戦いは終盤《しゅうばん》に差し掛かり、オーガの全身には複数の切り傷が刻まれている。青い肌にもかかわらず、流れ落ちるオーガの血は赤い。

「叩き下ろし来るわよ！」

「分かってる！」

コルネリアの檄が飛び、ディートリヒが答える。いつもと違い、コルネリアは軽装で剣を構えており、ディートリヒは黒鎧姿で大盾を構えていた。場を仕切っているのも、コルネリアだ。

大盾を構えているディートリヒに向かって、オーガが丸太のような棍棒《こんぼう》を振り下ろした。金属が打ち据えられる鈍い音が響き、ディートリヒは振り下ろされた棍棒の重さに耐え切れずに片膝を地面に突いた。

〈まだまだだな。うるさい女であれば、腰を沈める程度で受け止め切るであろうな〉

「ぐっ……うるせぇよ！」

片膝を突いたものの、ディートリヒは棍棒を受け切っていた。棍棒を握り締めているオーガの両腕が細かく震えている。筋肉が大きく膨らみ、大盾を支えているディートリヒを圧《お》し潰そうとしているのが見て取れた。

だが、それは悪手《あくしゅ》でしかない。棍棒に力を加えている間は、動きが止まってしまうのだから。

「ハッ！」

短く息を吐き、コルネリアがオーガの左手から飛び掛かった。

彼女が得意とするのは身体強化だ。強化された脚力によって常人ではあり得ない飛躍《ひやく》を見せ、三メートルの高さにあるオーガの首筋目掛けて剣を振り下ろした。

狙い澄まされた剣筋はオーガの首を斬り裂き、赤黒い血を噴き出させた。だが、傷は浅い。致命《ちめい》傷《しょう》にはならない。

〈軽いな。寝坊助なら、首を断ち切っておったな〉

「……」

〈普段から身体強化に頼り過ぎて、剣に乗せる力の配分が分かっておらぬのだな。力任せにするだけなら、魔法の鞄《マジックバッグ》の中に戦槌《ウォーハンマー》があったであろう？　あちらの方が良いのではないか？〉

横から挟まれる声に眉を寄せながら、コルネリアはさらに斬撃を重ねた。

度重なる斬撃にオーガは棍棒をディートリヒの盾から離し、コルネリアに向かって横薙《よこな》ぎに叩き付けようとする。しかし、今度は右手からオーガの脇腹をクリストフが斬り付けた。

その痛みにオーガの手元は狂い、棍棒はコルネリアの位置から大きく逸れて空を切る。

〈チャラいのは、相変わらずやることが地味だな。チャラい見た目のくせに。小物の本性が滲み出ているぞ〉

ぐおぉぉぉぉおおおお!!　と、痛みと敵を倒せない苛立ちからオーガが再び吠える。

その吠え声も長くは続かない。大きく開いた口に、拳ほどの小さな炎の球が飛び込んだからだ。

オーガの口の中で弾ける炎の球。

それを放ったのはもちろん、ベルンハルトだ。彼は魔法を待機させたまま、この機会を待っていた。

〈うむ。魔力操作も魔法式の組み方も良くなってきたな〉

少し離れた位置から魔法を放ったベルンハルトは、その声に口元を緩めた。

だが、まだ戦闘中だ。それ以上の喜びの様子を見せることはない。真っ直ぐにオーガを睨みつけ動きを見定めている。

口の中で弾けた炎の球は、体内からオーガを焼いていく。勢い良く口や鼻から炎が噴き出していることから、内臓にも入り込んでいるだろう。脳も頭蓋《ずがい》の内側から炙られていく。

オーガは握っていた棍棒を投げ出して両手で顔を覆うが、体内で燃え盛る炎をどうすることもできない。

「うわ、悲惨《ひさん》……」

顔面から炎を吐き出し、鋭い爪で顔を掻きむしり踊るように暴れるオーガの姿に、ディートリヒは思わず声を上げた。

オーガの口が大きく開く。断末魔《だんまつま》の悲鳴を上げようとしたのか……。

しかし、その口からは何の音も発せられることはなく、黒煙が立ち上ると同時に、オーガは後方に倒れ込んだ。

重い音と共に、地面の土埃が舞い上がる。地面に転がったオーガは、全身を痙攣《けいれん》させているが二度と起き上がることはなかった。

「終わりね」

オーガの痙攣が収まるのを確認してから、コルネリアは大きく息をついた。

〈……たかだか三十層のボスに時間が掛かり過ぎだ〉

「うるせーんだよ!!」

「うるさいのよ!!」

ついにブチ切れたディートリヒとコルネリアが、呆れたように呟いた声の主に詰め寄った。

当然ながら、声の主はグリおじさんだ。グリおじさんは離れた場所に寝そべり、望郷とオーガの戦いを見ていた。その腹には双子《ルーとフィー》の魔狼が頭を突っ込んで寝ている。戦っていた望郷とは違い、緊張感の欠片《かけら》もない。

ここはアダド地下大迷宮《グレートダンジョン》の三十層から下に降りるための部屋。いわゆる、ボス部屋と呼ばれる場所だ。

部屋と言っても、円形で小さな闘技場《とうぎじょう》ほどの広さがあり、巨体のオーガと戦えるだけの十分な空間があった。

地下大迷宮《グレートダンジョン》は十層ごとに区切られている。十層ごとに区切ることで、冒険者たちが戦う魔獣の強さを調整しているのだ。

そして、その区切られた層から下に降りるための階段の手前には、ボス部屋が存在するのである。

そこにいる魔獣は階層長《ボス》と呼ばれているが、別に階層を仕切っているわけではない。さらに下の十層に挑めるだけの力量があるのか見極めるためだけに存在しており、通称としてボスと呼ばれているだけだ。

〈うるさいとは何だ？　我がせっかく助言をしてやっているというのに〉

ディートリヒとコルネリアに詰め寄られたグリおじさんは、面倒くさそうに答えた。

「助言ってのは、役に立つことを言うもんだろ⁉　邪魔になるようなことを言うんじゃねぇ！」

「そうよ、好き勝手に横から口を挟まれたら、集中力が切れて危ないのよ‼」

なおもディートリヒとコルネリアが罵声を浴びせかけるものの、寝そべっているグリおじさんは横目で視線を這わせただけだった。

〈たかが三十層程度で手間取っている貴様らが悪いのであろう？　ルーとフィーなど待ちくたびれて寝てしまったぞ？〉

グリおじさんは腹に頭を突っ込んで寝ている双子に、優しく翼を被せた。罵声で目を覚まさないようにとの配慮だろう。

「たかが三十層って言うけど、オーガを倒せたのは結構すごいのよ!?」

〈そういったことは自分で言うことではないな。傲慢な言葉は自身を小物に見せるぞ？　強者ほど謙虚《けんきょ》な態度を取るものだ〉

「……それ、あんたが言うか？」

〈何がだ？〉

まったく意味が分からないという態度のグリおじさんに、詰め寄っていた二人は気が抜けて大きくため息をついた。

オーガはダンジョン外で現れれば脅威となる魔獣である。もし小規模な街に襲って来たら、一体だけでも全滅の危険すらあるのだ。

それを一つの冒険者パーティーで倒して見せたのだから、十分に讃えられるに値することだろう。

〈そもそも、このダンジョンで現れる魔獣は全て妖精王に操られるか、好戦化させられておる。その証拠に、我の気配や臭いにも臆《おく》さず襲って来るであろう？　本来の実力が出せる状態ではないからな〉

「それはまあ、そうなのかもしれないけどな」

グリおじさんに言い返され、ディートリヒは口籠った。

このダンジョン内にいる魔獣は、妖精王《カラカラ》に記憶を操作されているか、もしくは人間を見たら無条件に襲うように、魔法薬を使って好戦化されている魔獣ばかりだった。

例外は妖精王配下の妖精たちや作られた錬金生物になるが、それも本能的に妖精王に忠誠を誓《ちか》っているのだから、ある意味で操られていると言ってもいいだろう。

操られている状態であれば、万全の力が出せるはずもない。そんな不完全な相手に勝って嬉しいのかと、グリおじさんは言っていた。

〈そろそろ本来の編制に戻した方が良いかもしれぬな。寝坊助の盾役は未熟過ぎるし、うるさい女の前衛も力配分が悪過ぎる〉

「そうね、そろそろ戻した方がいいかも」

今の望郷の編制はいつもと違う。盾役と前衛……本来は前衛のディートリヒが盾役に、盾役のコルネリアが前衛へと入れ替わっていた。

これは身元を偽装するために行っていた入れ替わりの役割のままだ。ダンジョンに入った時点で元の役割に戻そうという意見も出たが、非常時に別の役割をこなせるように、練習も兼ねて入れ替わったままで進めることにしたのだった。

そういった練習にも、階層ごとに出て来る魔獣の強さが決まっているアダド地下大迷宮《グレートダンジョン》は都合がいい。

〈寝坊助はもっと魔力の使い方を覚えた方が良い。ほぼ素の肉体能力だけではないか。体内の魔力も少なく脳筋で満足に魔法式が組めぬバカとはいえ、もう少しやりようがあるであろう？　うるさい女ですら身体強化を使いこなせているのだぞ？　うるさい女ですら！〉

「バカリーダーと同列に語らないでよ!!」

「なっ、コルネリア！　お前!!」

グリおじさんの言葉に促され、今度はディートリヒとコルネリアの言い合いが始まる。じゃれ合うように言い合いをしている二人からグリおじさんはそっと目を離すと、目蓋を閉じて寝る体勢に入った。

どうもグリおじさんは二人が言い争うように誘導したらしい。自分に向けられている矛先を逸らしたのだろう。それが可能なほど、すでにグリおじさんはディートリヒたちのことを理解していた。

そんな二人と一匹の様子を見て、離れて様子を窺っていたクリストフも小さくため息を漏らした。

……しばらくして。

〈もう終わった？〉

〈まちくたびれー〉

双子が目を覚まし、移動となった。オーガの死体は放置だ。オーガは肉は食えないが、皮は防具、内臓は薬の材料と重宝されている。

だが、ダンジョン下層はもっと珍しい魔獣がひしめいている可能性も高く、魔法の鞄《マジックバッグ》の容量を考えて諦めたのだった。

このまま放置しておけば、死体は次の挑戦者が現れるまでに妖精王配下の妖精たちに回収され、新しい同等のボスが準備されることだろう。

ボス部屋の奥へ進むと、そこには扉があった。

ダンジョンの入り口にあったのと同じ、表面にドラゴンと妖精のレリーフが施された青銅の扉だ。ただ少し違うのは、二回りほど小さく、数人が横に並んで通れるかどうかの大きさしかない。

この扉もまた、許された人間以外は通れないようになっている。扉を通れる条件は、ボスが倒された時にボス部屋の中にいた冒険者と、その冒険者が連れていた従魔たちだ。それ以外は扉が開いていても通れない。

十層、二十層と同じ扉を通って来た望郷のメンバーは慣れたもので、前に立つとすぐにギルド証を掲げて扉を開いた。

〈行くねー〉

〈行く！〉

扉が開くと同時に双子の魔狼《ルーとフィー》が駆け出すが、これもまた数度繰り返している行動だ。

ここまで来る間も、双子は先行して次の階層に進み、ボス部屋の前で待っていた。グリおじさんが止めない限りは危険がないのだろうと、望郷のメンバーも引き留めはしない。双子はスルリと開いた扉の隙間を潜り、先へと消えていった。

扉がしっかり開き切ってから、望郷のメンバーとグリおじさんも扉を潜る。扉の先には踊り場のような場所があり、そこから先は下へと続く階段だ。

「ダンジョンらしくなってきたな！」

階段を降り切って見えて来た光景に、ディートリヒは興奮した様子で言った。

そこは迷路のような通路だ。ダンジョンとは本来、迷路のように通路が入り組んで出口が分からなくなっている建物を指す。三十層までは段々と狭くなって入り組んでいたものの、それでも洞窟を加工しただけのような場所だった。

だが、ここからは違う。

左右を石の壁で囲まれた通路が続き、複雑に曲がっている。多数の横道があるらしく、どこを通れば良いのかすら分からない。天井は高いが、それでも城や城塞などと同じくらいだ。しかも、不定期に壁が動くせいで地図も作れないという。

通称ではなく、本来の意味の迷宮《ダンジョン》と言って良いだろう。

〈……これは、酷いな〉

「確かに、酷い」

ディートリヒが上げた楽しげな声に反して、沈んだ声を上げたのはグリおじさんとクリストフだった。深刻そうに、眉を寄せて先の見えない通路を睨んでいる。

「何がだよ？」

「今までと比べ物にならないくらい、罠が多い」

ディートリヒに問われ、クリストフは視線を通路に向けたまま答えた。十層を超えた辺りから、罠は仕掛けられていた。

だが、今現在クリストフが探知の魔法で感じている罠は規模が違う。大量過ぎる。明らかに、ここは魔獣ではなく罠が主となる層なのだろう。

グリおじさんも同じ結論に達しているのだろう、表情が渋い。

〈昔に来た時はなかった罠が大量に増えておるな。構成も大幅に変わっておる。この設置の性格の悪さは……小僧の仕業だな〉

「はあ？」

グリおじさんの呟きにディートリヒは思わず声を上げた。

〈記憶を操作され、妖精王に加担させられておるのだろう。罠の至る所に小僧の底意地の悪さが垣《かい》間《ま》見《み》える。チャラいの、気を付けるのだぞ。小僧が作る罠は見えていても引っ掛かるぞ。心理的に嫌なところを突いて来るからな〉

「おい、ルーとフィーは大丈夫なのかよ？」

真剣な顔で語るグリおじさんに、ディートリヒは心配げな表情で尋ねた。双子はすでに先に行ってしまっている。グリおじさんがそこまで言うほど厄介な罠なら、引っ掛かる可能性もあるだろう。

〈ルーとフィーも罠の存在を感じた時点で、小僧の仕業だと気付いただろう。ルーとフィーは我より小僧のやり方に詳しいからな、心配あるまい。その証拠に、先に駆け抜けていったにもかかわらず、罠が動作した気配すらない。それに、足手纏いがいない状態なら、罠が反応する前に駆け抜けるという方法も使えるし、壁を走ることもできる。ルーとフィーならたとえ罠に引っ掛かっても、人間用の罠で傷付けられることもあるまい〉

「足手纏いって……オレたちのことか……」

〈決まっているであろう？〉

「……」

ディートリヒは唇を軽く噛み締めながらも、納得した。

〈進むぞ。チャラいのの良い鍛錬になる。調べながら進んでみるがいい。補助はしてやろう〉

「オレは罠の解除はできないぞ？」

クリストフは通路を見つめていた目を、グリおじさんへと向けた。

罠解除を専門にしているのは盗賊だ。クリストフの役割は、あくまで斥候。罠や敵の存在を見極める訓練はしていても、解除は専門外だ。一応知識はあるものの、それも簡単なものだけだ。

〈小僧の性格からして、解除しなければ先に進めぬようなつまらない罠は作らぬと思うが……避けて通れぬ罠ならば魔法で破壊してやるから安心するがいい〉

「分かった」

グリおじさんの言葉に短く答えると、クリストフは真剣な目で通路を睨んで歩き始めた。罠を発見するのは、探知の魔法と目視だ。どちらに偏《かたよ》っても、見落としが発生する。

「左の壁には触れるなよ。岩の隙間から何かが飛び出す仕掛けになっている。だからといって、大きく右に寄って歩くのもダメだ。床に仕掛けがあるぞ、真ん中を歩け。そこの露骨に出っ張ってる壁石はダミーに見えて本物だからな。しかも調べようと近寄るだけで発動するみたいだ。無視して進んでくれ」

クリストフは安全を見極めながら、後ろからついて来るメンバーに指示を出していく。慎重に、慎重に。

たいしたことがないように見える罠でも、毒が使われていれば致命的だ。毒消しは持っているが、世の中には処置するまでの一瞬で死に至る猛毒もある。警戒しておいた方がいい。

クリストフは本当に慎重に、ゆっくりと罠を調べながら進んでいった。

自分たちの命がかかっていると望郷のメンバーは理解している。だから、誰もクリストフの慎重さの意味を疑うことはせず、指示にも従っていた。

邪魔にならないように、誰も声を出さない。静かな中、クリストフだけがせわしなく動く音が響いていた。

〈むう……〉

……だが、その慎重さに耐えられない、短気な者がいた。

〈貴様は遅過ぎる！〉

グリおじさんである。鍛錬になるからとクリストフに罠の探知を任せたくせに、真っ先に自分の言葉を覆《くつがえ》した。

「おい！」

〈もう耐えられぬ！　我が先導を務めてやる！　貴様らは後に続くがいい!!〉

グリおじさんはクリストフを押し退け、前へと進み出た。

「おい！　そこは!!」

クリストフが止めるのも聞かず、グリおじさんが進んだ時。カチャリと、地面から小さな音がした。同時に、横の壁から短い矢が飛び出す。グリおじさんはそれを翼で薙ぎ払って見せた。

「露骨に足元が変色してて、怪しかっただろうが！　仕掛けを自然に近い木や焼き物で作って隠してあるから、探知魔法に反応しないんだよ！」

思わず、クリストフはグリおじさんに怒鳴った。

〈そ、そんなこと！　貴様ごときに言われずとも分かっておるわ!!〉

顔を真っ赤にして叫ぶグリおじさん。その姿を見て、望郷のメンバー全員はグリおじさんがその罠を見落としていたことを察した。

〈小僧め、卑怯《ひきょう》な手段を使いおって！　こんな地面に仕掛けられた罠など、宙に浮けば!!〉

「あ、バカ……強い魔法に反応する仕掛けが……」

グリおじさんが風の魔法を使い身体を浮かせた途端に、天井から何かが落ちて来た。

グリおじさんはそれを魔法で風を起こして吹き飛ばそうとするが、落ちて来た物が網だったため素通しになってたいして影響はない。グリおじさんは網を避けるために、さらに通路の先へと移動した。

「だから、強い魔法はダメなんだって！」

グリおじさんが進んだ先の壁から、多数の黒い塊が打ち出される。先ほど風が効かなかったため、グリおじさんは風の刃《ウインドカッター》でそれを切り裂いた。

だが、黒い塊は切り裂かれながらも勢いを失わず、グリおじさんに向かって来る。グリおじさんは切り裂いても無意味と判断し、それを翼で払いのけた。

べしゃり……と、湿った音が響いた。

「大丈夫か!?」

ディートリヒが叫ぶが、返答はない。グリおじさんは飛んで来た物を翼で受けたまま、固まっていた。

壁から打ち出されて飛んで来た物は、泥玉。それも炭が混ぜられている、真っ黒で粘《ねば》りのある泥玉だ。泥はグリおじさんの翼にべっとりと付き、飛び散った雫《しずく》が顔まで黒く汚していた。

〈…………〉

グリおじさんは自分の翼に付いた黒い泥を見る。粘りのある泥は、羽根の一本一本にまで染み込んでいく。顔からは黒い雫が滴《したた》り、床に落ちて染みを作っていった。

〈……ふふ……〉

泥には毒などが混ざっている気配はない。傷を付けるような、鋭利《えいり》な物が入っているわけでもない。砂粒一つ混ざっていない、ただの柔らかい泥玉。汚れたという以外は、まったく影響はない。

〈ふふふ……はははははっ!!〉

だが、だからこそ。

まったく命に関わらない子供の遊びのような仕掛けだったからこそ、余計にグリおじさんの精神を抉《えぐ》った。

酷い侮辱《ぶじょく》だ。矜持《プライド》が大きく傷付けられ、もう、笑うしかない。グリおじさんの高笑いが響き渡る。

〈ははは……分からせてやる……〉

そして、急に高笑いをやめると同時に、ポツリと呟いた。

〈我をバカにするのもいい加減にしろ！　小僧め!!　絶対に我の方が上であることを分からせてやる!!　我を侮辱したことを、悔いるがいい!!〉

「おい！　ちょっと落ち着けって!!」

〈絶対に、許さないからな!!　首を洗って待っていろ！　小僧!!〉

「だから、落ち着けって！　趣旨がおかしくなってるぞ!!」

物騒《ぶっそう》なことを絶叫するグリおじさんを落ち着かせるために、ディートリヒは駆け寄った。

「顔を拭いてやるから動くなよ」

そう言いながら、ディートリヒは着ている鎧の内側から汗拭きの布を引っ張り出し、グリおじさんの顔に手を伸ばした。だが、その伸ばした手はグリおじさんには届かない。

なぜなら、同じ罠がもう一度発動したからだ。

飛んで来る泥玉。まさかもう一度発動するとは思っていなかったディートリヒは、背中でそれを受けることとなった。

潰れて飛び散った泥は、ディートリヒの黒鎧の背中から、剥き出しの後頭部までをべったりと汚している。

〈ふはははははは!!　寝坊助！　貴様も泥に汚れるがいい!!〉

グリおじさんが泥に汚れたディートリヒを見て高笑いを上げる。実に楽しそうだ。

ディートリヒの目の前には、飛び散った泥の飛沫《しぶき》を巻き上げる小さな竜巻があった。もちろんそれは、グリおじさんが作り出した魔法だ。ちょうど泥玉が飛び出した壁とディートリヒを挟んだ反対側でその竜巻は発動していた。

罠が魔法に反応して発動しているなら。そして、発動している魔法に向かって泥玉が飛んで来るなら。確実に、ディートリヒに泥玉が当たる配置だ。

「…………ってめぇ！　オレに泥が当たるように仕向けやがったな!!」

状況を察したディートリヒが叫ぶ。

〈油断している貴様が悪いのであろう！　小僧の罠の悪質さを体験するが良い！〉

「せっかく泥を拭いてやろうって思ったのによ！」

〈貴様の施しなど受けぬわ!!〉

「性悪グリフォンが!!　うぉっ!?」

〈なにっ!?〉

グリおじさんとディートリヒが泥だらけで言い合いをしていると、そこにまた泥玉が飛んで来る。

互いに意識を向けていた一人と一匹は、またもや泥玉を身体で受ける結果となった。

「え？　何？　私まで？　キャッ！」

今度はコルネリアが悲鳴を上げる。目を向ければ、そちらでも罠が発動したらしい。天井から網が落ちて来て、コルネリアが間一髪のところで避けていた。

「おい、無闇《むやみ》に動くなよ、罠が……何だ!?」

発動した罠を避けようとして動き回るコルネリアを咎めようとしたクリストフが、今度は叫びを上げた。クリストフの所でも、罠が発動している。

「うわっ！　これ、目が痛《い》てぇ！　辛《から》い！　唐辛子《レッドペッパー》か!?　ゲホッ！」

その罠は床から赤い煙が噴き出すというものだった。直接当たってはいないが、漂って来た煙が目に入ったことで、クリストフは顔を押さえてその場に座り込む。叫んだせいで煙を吸い込んでしまって、盛大に咳き込んだ。

「あひゃぅ！」

さらに意味不明な声を上げたのは、ベルンハルトだ。

彼に向かってどこからともなく鋭利な槍《やり》が飛んで来ていた。それを器用に身をくねらせて避けたのだ。ローブの一部が裂けている。一歩間違えばベルンハルトは串刺しになっていただろう。

「性悪グリフォン！　やめろ！」

「ちょっと、グリおじさん、やめてよ!!」

ディートリヒとコルネリアが非難の声を上げるが、なおも罠が発動し続ける。

し続ける。

非殺傷の泥玉から、明らかに殺しにかかっている刃物の罠まで。様々な罠が連鎖《れんさ》するように発動

最初こそ油断して引っ掛かりかけたが、望郷のメンバーは危なげない身のこなしでそれを避け続けた。クリストフなど唐辛子のせいで目も開けられず咳き込みながらだが、的確な動きを見せていた。探知魔法のおかげだ。

〈なに⁉　我ではないぞ‼　我は悪くない！　貴様らが発動させているのであろう！〉

「はあ⁉　なんもしてねーよ‼」

〈ならばなぜ、罠が動いておるのだ？　ここには我と貴様ら以外おらぬのだぞ？〉

「あんたがやってるんだろうが‼」

言い争いながらディートリヒとグリおじさんも、罠から飛んで来る物を避け続ける。困惑の表情を浮かべながら動き回り、泥に汚れた足跡だけが広がっていった。

〈ふむ？〉

グリおじさんは何かに気が付いたのか、目を細めると周囲を見渡した。

〈……そこか‼〉

グリおじさんが鋭い叫びを上げる。同時に、一点を睨みつける。その先は何もない空間だ。だが、グリおじさんは確信を持っていた。

何の予備動作もなく、視線の位置に風の刃《ウインドカッター》を撃ち込む。泥玉がまた飛び出して来たが、すでに泥だらけの翼で受け止めた。

「ケケケ……」

不快な笑い声のような音。何もなかったはずの空間が歪む。何かいる。

望郷のメンバーの目も、その空間に引き付けられた。

〈我に気取《けど》られずに接近するとは！　羽虫め!!〉

グリおじさんの周囲から小さな旋風が数個巻き上がり、風の刃《ウインドカッター》を撃ち込んだ場所へと飛ぶ。グリおじさんは再び泥玉が飛んで来るかと身構えたが、今回は襲って来ない。何か罠が止まる切っ掛けがあったのだろう。グリおじさんは一度目を細めるとそのことを察して、魔法に集中した。

旋風は一つに集まると、歪みのある空間を締め上げながら速度を増していく。

「ケケッ!!」

旋風で締め上げられた空間の歪みは、やがて影となり、一つの姿を取った。

〈パックか！　こやつが罠を動かしていたのだな！〉

「ケケケケケ！」

グリおじさんの叫びに答えるように鳴いたそれは、人の頭くらいの大きさの妖精だった。

ずんぐりむっくりとした二頭身の体形で、体表に浮かんでいる色鮮やかな文様《もんよう》は道化師《ピエロ》の服のようだ。目も同じく道化師《ピエロ》の化粧のように十字の文様となっている。妖精であることを示すように、背には四枚の薄く透き通る緑の翅《はね》が広がっていた。

「パック？」

〈悪ふざけを好む妖精だ！　仕事よりも遊びを好み、快楽目的に悪質なイタズラをする最低なやつだ！〉

グリおじさんは嫌悪感丸出しで吐き捨てる。

悪ふざけ妖精《パック》は、グリおじさんの魔法で締め上げられ動けない。激しく翅を動かし身体を捩《よじ》って抜け出そうとしているが、魔法の旋風は緩まない。

「……快楽目的に悪質なイタズラをする、最低なやつって……」

パックが拘束されたことで罠の発動が止まり、やっと一息つけたディートリヒが呟いた。

「ああ、イタズラ者は最低だよな……」

「…………そうよね、最低よね……」

「…………」

〈貴様ら、なぜ我を見つめるのだ？　悪いのはパックであろう？〉

望郷の四人全員から責めるような呆れたような微妙な視線を向けられ、グリおじさんは唸った。

「自覚がないのが、一番、質《たち》が悪いよな」

「そうよね」

〈貴様ら！　何か言いたいことがあるなら、ハッキリ言え！〉

「ケケケケケ！　ケケッ!!」

〈ぬかった！〉

笑い声のようなパックの鳴き声を聞いて、グリおじさんは慌てたがすでに遅い。妖精は空間の魔法を使う。忘れていたわけではないが、油断が隙を生んだ。

パックの身体の周囲が歪み、淡い光の飛沫《しぶき》を上げると旋風の中からパックの姿が掻き消えた。

〈チィッ、逃げられたか！〉

「おい！　何やってんだよ？」

ディートリヒに睨みつけられ、グリおじさんは少しだけ決まりが悪そうな表情をして目を逸らした。

〈貴様らが余計なことを言って、我の気を散らせたのが悪い。なに、普通よりも図体《ずうたい》は大きいが、あれは言葉すら使えぬ低位の妖精だ。すさまじく頭が悪い。捕まったことを忘れて、すぐに再び現れるであろう。その時に倒せば……来たぞ！〉

グリおじさんが言い切る間もなく、再び魔法の旋風を放った。

「ケケ！」

パックは再びグリおじさんの近くに舞い戻って来た。ただ、これはパックの頭が悪いわけではない。グリおじさんが泥だらけの姿で必死になっている姿が滑稽《こっけい》で、イタズラ好きのパックの琴線《きんせん》に触れただけだ。

パックは本能からイタズラを好む。他者が自分の仕掛けたイタズラで怒り、叫びを上げ、必死に抵抗している姿を見たがる。そういう妖精なのだ。

その本能に逆らえず、パックはグリおじさんの下に舞い戻ってしまった。虫が夜に光に引き寄せられ、自ら炎に飛び込むように。

〈所詮は羽虫！　我の聡明さとは程遠い愚鈍《ぐどん》！〉

しかし、行動だけ見ると、頭が悪いと言われても仕方がない。パックはあっさりと、グリおじさんが放った旋風に再び拘束された。

「あいつが出て来てから、罠が動作しないようになってるぞ！」

〈チャラいのも気付いたか。その通りだ！　おおかた妖精が罠に害されぬようになっておるのだろう。貴様らも、思う存分に戦え！〉

声を上げたクリストフに、グリおじさんが同意して珍しく笑みを向けた。向けられた笑みは賞賛なのだろうが、クリストフは背筋に冷たい物を感じた。グリおじさんの裏表のない賞賛は、逆に底知れない怖さを感じる。

「よし！　ぶった斬ってやる！」

駆け出したのはディートリヒだ。罠が動作する危険がないなら、躊躇なく飛び出せる。ディートリヒは一気に駆けると、拘束されているパックとの距離を詰めた。

「今度は逃がすなよ！」

〈誰に言っている！〉

ディートリヒは剣を抜き放つ。振り下ろす先は拘束されているパックだ。

「ケケケ！　ケケ！」

「うぉッ!!」

今しも剣がパックに振り下ろされようとした瞬間に、ディートリヒが低く呻《うめ》く。ディートリヒの剣から逃げられないと察したパックが、足掻《あが》いて攻撃を仕掛けて来た。

パックの目が開き妖しい光を放った。目……と言ってもそれは人間のものとは違う。通常は道化師《ピエロ》の化粧のようにしか見えない。黒い十字の文様だ。

だが、開かれた目は異形《いぎょう》。黒い文様そのものが目蓋であり、開けば十字に裂け目が広がって中心に瞳が輝いている。

赤く輝く瞳がディートリヒを捉える。瞳の光が、それを見たディートリヒの精神を乱す。

ディートリヒは思わず頭を押さえ、剣の軌道は大きく逸れて宙を斬った。

〈何をやっておる！〉

彼はふらつきながらも踏ん張って姿勢を正そうとするが、上手くいかないようだ。今にも倒れそうなほど身体が揺れている。

「「「リーダー！」」」

〈寄るな!! 貴様らも巻き込まれるぞ！〉

思わず望郷のメンバーはディートリヒに駆け寄ろうとするが、グリおじさんがそれを制した。

〈寝坊助は記憶を掻き混ぜられ混乱させられておる。近づけば、敵と誤認されて斬り殺されるぞ〉

グリおじさんに言われ、三人は足を止めた。

パックは低位の妖精だ。掌に乗る大きさの者が多い低位の妖精の中では大型だが、それは間違いない。

使える魔法は、種族的特性に基づいた空間と記憶の操作のみ。それも、空間の魔法は身を隠し、薄い壁をすり抜けられる程度。記憶は人間を混乱させられる程度に過ぎない。姿を隠していたのをグリおじさんが気付けたのも、未熟な魔法だったからだ。

だが、それだけでも、人間には脅威になり得る。姿を隠されれば一方的に攻撃されることになるし、記憶の混乱で同士討ちさせられる。パックにしてみれば、ちょっとしたイタズラに使う魔法なのだろうが、人間には致命的だ。

〈ちっ〉

グリおじさんは舌打ちをすると、ディートリヒの背後に回った。ふらついて転びそうになっているディートリヒの身体を、翼で掬《すく》い上げるように支える。

ディートリヒは混乱中だ。支えてくれたグリおじさんを敵の攻撃と勘違いして剣を振り下ろした。

〈そんなヘナチョコな剣筋で我が斬れるわけがなかろう〉

グリおじさんに振り下ろされた剣は、避けるまでもなく胴体の毛皮に止められてしまう。触ればモフモフ、寝れば柔らかで弾力があるが、いざ刃物を振り下ろしても毛の一本すら斬ることはできない。それが成熟したグリフォンであるグリおじさんの毛皮だ。

……もっとも、ロアのブラシ攻撃には弱いのだが。

要するに、気合が乗ったディートリヒの攻撃ならともかく、混乱している今の状態で傷一つ付くはずがなかった。

〈目を覚ませ。寝坊助〉

グリおじさんは胴体の毛皮で剣を受け止めたまま、前足でディートリヒの脇腹を圧し潰すように蹴る。鎧の上からとはいえ地味に痛い一撃で、ふらついていたディートリヒは背筋を伸ばした。

「いっ……てぇ……最悪だな」

〈目が覚めたか？〉

「内臓に響いたぞ。ホント、最悪だ！　もう少し力加減を考えてくれ。ケホッ」

ディートリヒが軽く咽せると、唇にわずかに血が滲む。グリおじさんの一撃は、思ったよりも重大な被害を与えたらしい。

だが、当の本人のディートリヒは、少し顔色が悪いものの笑みを浮かべていた。

〈頑丈なことくらいしか取り柄《とりえ》のない貴様が、この程度で死ぬはずがなかろう。目が覚めたなら、さっさとあの羽虫を倒せ。手柄を譲ってやる。決して、あの翅が気持ち悪くて無理だとか、これ以上直視したくないとかではないからな！　我の優しさだ!!〉

「へいへい」

妖精の翅は、虫の翅。本質はどうであれ、見た目はそうとしか見えない。一応は我慢できるものの、必要以上の接触や、視界に入れることはしたくないのだろう。

グリおじさんの自分勝手な言い分に、ディートリヒは苦笑を浮かべた。

支えられていたグリおじさんの翼にそっと触れると、彼は立ち上がる。

しっかりと床を踏みしめると、目を瞑ってからパックへと向き直った。

「……」

短い精神集中。目を瞑ったのは集中のためだけではない。混乱する前にパックの目が光ったのは覚えている。それを見てから自分の周りにいる全てが敵に思えた。

魔法を乗せた視線で混乱させられたのだ。ならば、対策は簡単だ。見なければいい。

幸い、パックはグリおじさんに拘束されている。身動きができず、同じ位置にいる。場所が分かっていれば、見る必要はない。気配を感じる必要すらない。

ディートリヒは剣を構えると、構えた流れのまま剣を振るった。

「ケ……」

短い断末魔の叫び。パックは頭から垂直に、左右に分かれた。

「終わり終わり」

何の感慨もなく軽く言うと、ディートリヒは剣を収めた。

………が、剣は半ばで鞘に収め切ることはできなかった。

「なっ！」

ディートリヒの顔面に向かって泥玉が飛んで来たからだ。思わずディートリヒは収めかけていた剣を再び引き抜いて受け止めようとした。

しかし、剣で泥玉が止まるはずがなく、むしろ潰れた泥玉は飛び散ってディートリヒの顔面から上半身を黒く染めた。

「……妖精が倒されたから、また罠が動くようになったんだな。気を付けろよ」

顔面に泥を食らって固まっているディートリヒに、クリストフが声を掛ける。その声は半笑いだ。

妖精が出現してから止まっていた罠が、再び動くようになっていた。泥玉は今までグリおじさんが使っていた旋風の魔法に反応して飛んで来たのだろう。

「うへぇ……」

〈日頃の行いだな〉

「あんたがまた誘導したんじゃないだろうな？」

ディートリヒは掌で顔の泥を拭いながら言う。言い合う一人と一匹は、どちらも泥だらけだ。

〈そんなわけあるまい？　我はそのような卑怯な真似はしないぞ？〉

「さっきやっただろうが!!」

ディートリヒは手を伸ばして、自分の顔を拭った掌でグリおじさんの顔を撫でる。まだ残っていた白い羽毛まで、泥でベッタリと黒く染まった。

〈貴様！〉

「へへっ、腹黒グリフォンには黒い顔が似合ってるぞ」

〈寝惚けてばかりの寝坊助が！　我が助けてやらねば、混乱したままだったくせに。感謝の念がないのか!!〉

「あんたに言われたくないな……って、うわっ!!　何しやがる!!」

グリおじさんの翼が勢い良く目の前に迫って来ているのに気付いて、ディートリヒは慌てて身を屈めてそれを避ける。

ディートリヒの頭頂部にグリおじさんの翼が掠《かす》り、チッと摩擦音を立てて髪を千切った。

「まて！　今のが当たってたらオレの顔が潰れてたぞ！」

〈程良く男前にしてやるから、安心するがいい〉

グリおじさんがまた翼を振るう。その翼を避けるために、ディートリヒは一歩後ろに身を引いた。

「ガキね……」

その様子を見ながら、コルネリアがため息混じりに呟いた。

少し距離を空けて立っているコルネリアの目には、泥遊びをして駆け回っている子供が二匹、映っている。二十九歳児と、話を聞く限り三百歳を超える子供が。

まあ、本気のケンカになったら止めようとその場に座り込んだ。

「……アレは、目立つわよね」

「そうだな、パックを呼び寄せたのはアレが原因だろうな」

コルネリアの呟きに答えたのは、クリストフだった。コルネリアが目を向けると、水の入った革袋を差し出していた。少し休憩を入れようということなのだろう。すでにベルンハルトも座って水を飲んでいる。

「いくらなんでも、三十一層には合わない強さだったものね」

「そうだなぁ。まあ、イタズラ好きならアレにちょっかいをかけたくなる気持ちも分からないでもない」

コルネリアとクリストフは、大きくため息をついた。

このダンジョンは、十層ごとに順次、出現する魔獣の強さが増していく。今いるのは三十一層。三十層までの魔獣の強さから推測すると、パックは層に見合わない強さだった。

仕掛けて来る攻撃はイタズラのようなものだが、空間魔法を使って隠れて攻撃されれば、たとえ高ランク冒険者でも対処不可能だ。記憶を混乱させて同士討ちをさせられれば、対処できる冒険者も少ないだろう。

ダンジョン内で出て来るとしたら、もっと深い層になっていたはずだ。

グリおじさんの話によると妖精は、このダンジョン内を比較的自由に行き来できるらしい。ならば、呼び寄せてしまったと考える方が合理的だ。

規格外の敵《エクストラエネミー》というやつだ。たまに、こんな風に偶然から階層に合っていない敵が出て来ることがあるらしい。

当然ながらパックを呼び寄せた原因は、目の前でじゃれ合っているガキどもだ。グリフォンというだけでも目立つのに、あれだけ派手に反応してくれる連中なら、イタズラの仕掛け甲斐がありそうだと思われても仕方ない。

実のところ、最初にパックに目を付けられたのは双子たちだった。パックは一層の時点で奇妙な行動をしている双子を見かけ、隠れて観察していたのだ。だが、双子と合流したグリおじさんたちの方がイタズラの仕掛け甲斐があると感じて、こちらに仕掛けて来たのだった。

まだディートリヒとグリおじさんの言い合いの声が響いている。実に楽しそうだ。

なんだかんだ言って、一人と一匹は気が合うのだろう。精神年齢が同じくらいだからかもしれない。本人たちは全力で否定するだろうが。

「おい、罠があるんだから不用意に動き回るなよ！」

クリストフが声を掛ける。一人と一匹のじゃれ合う動きが激しくなり、新たな罠が仕掛けられていそうな場所に近づいていた。

「あっ」

〈む？〉

しかし、その忠告は遅かった。

カチャリと、地面から小さな音がした。人工的な、金属の部品が外れたかのような音だった。

ディートリヒとグリおじさんの身体が沈み込む。足元の床が崩れる。

そのまま落下してしまうのかと残りの三人は慌てたが、その沈み込みは一瞬で止まった。

十センチほどだろうか。わずかな落下だったが、それでもディートリヒが体勢を崩すのに十分だったらしい。彼は転んで尻もちをついてしまった。

グリおじさんも驚いた顔をして踏ん張り切れず足を滑らし、前のめりに穴の中に頭を突っ込んだ。

「リーダー、大丈夫か？」

「ヒューイ」

クリストフが声を掛けたが、答えたのはグリおじさんだ。しかも、いつもの『声』ではなく、鳴き声を上げた。

「今度は落とし穴かよ。巧妙に仕掛けられてるのに、ガキの遊びだな。しかもめちゃくちゃ浅いし。徹底して、引っ掛かったやつをバカにするための罠だな」

「ヒューイ！　ヒュイ？　ヒュー！！？」

「何だ？」

何やら慌てたように、グリおじさんがクリストフに向かって鳴いている。立ち上がろうとしているようだが上手く立ち上がれないらしく、フラフラとしながら何度も転んでみせた。

「……」

それに反して、ディートリヒは浅い穴に尻もちをついて座ったまま微動《びどう》だにしない。無言で自分の手を見つめていた。

「何だ？　どうかしたのか？　穴の中に毒でも仕掛けられてたのか！！？」

「リーダー！　どうかしたの？　大丈夫？」

様子がおかしい一人と一匹に、望郷のメンバーが駆け寄る。

「リーダー!!」

コルネリアが声を掛け、肩を揺すると、やっとディートリヒは見つめていた手から顔を上げた。

「ふむ。チェンジリングだな。我と寝坊助は入れ替えられてしまったようだぞ」

ディートリヒは、別人のような、しかし馴染みのある口調で答えたのだった。

従魔たちと望郷の摩訶《まか》不思議なダンジョン攻略は、まだまだ続く。

この作品に対する皆様のご意見・ご感想をお待ちしております。

おハガキ・お手紙は以下の宛先にお送りください。

【宛先】

〒150-6019 東京都渋谷区恵比寿4-20-3 恵比寿ｶﾞｰﾃﾞﾝﾌﾟﾚｲｽﾀﾜｰ 19F
（株）アルファポリス　書籍感想係

メールフォームでのご意見・ご感想は右のＱＲコードから、
あるいは以下のワードで検索をかけてください。

アルファポリス　書籍の感想　検索

ご感想はこちらから

本書は、「アルファポリス」（https://www.alphapolis.co.jp/）に掲載されていたものを、加筆・改稿のうえ書籍化したものです。

追《お》い出《だ》された万能職《ばんのうしょく》に新《あたら》しい人生《じんせい》が始《はじ》まりました9

東堂大稀（とうどうだいき）

2024年 5月 30日初版発行

編集－矢澤達也・宮田可南子
編集長－太田鉄平
発行者－梶本雄介
発行所－株式会社アルファポリス
〒150-6019 東京都渋谷区恵比寿4-20-3 恵比寿ｶﾞｰﾃﾞﾝﾌﾟﾚｲｽﾀﾜｰ19F
TEL 03-6277-1601（営業）　03-6277-1602（編集）
URL https://www.alphapolis.co.jp/
発売元－株式会社星雲社（共同出版社・流通責任出版社）
〒112-0005 東京都文京区水道1-3-30
TEL 03-3868-3275
装丁・本文イラスト－らむ屋
地図イラスト－宇崎鷹丸
装丁デザイン－AFTERGLOW
印刷－中央精版印刷株式会社

価格はカバーに表示されてあります。

落丁乱丁の場合はアルファポリスまでご連絡ください。

送料は小社負担でお取り替えします。


ISBN978-4-434-33925-7 C0093